«No fui capaz de cerrarlo hasta que lo terminé.»

María Dueñas

«Me ha encantado. Sencillez compleja que se lee de un tirón. La crisis de los cuarenta se alarga hasta los cincuenta.»

Jorge Carrión

«Esta uruguaya no alcanzó a pasar ni una noche en la mesa de noche: como las cosas buenas de la vida, se fue de un tirón y me dejó desvelado.»

Juan Pablo Villalobos

«Pedro Mairal, uno de los mejores escritores latinoamericanos.»

Leila Guerriero

«Una novela que disecciona de forma desternillante los entresijos de la crisis de los cuarenta. [...] *La uruguaya* es ese tipo de libros que, una vez comenzados, es imposible soltar.»

Guadalupe Nettel

«Una novela que podrá leerse durante los próximos cincuenta años como un clásico de nuestro siglo.»

Alberto Olmos, *El Confidencial*

«Una novela perfecta. Un acierto de principio a fin.»

Anna Caballé, *Babelia*

«Un ejercicio de patinaje sobre brasas y, también, lluvia que cala. Abrasa y te deja tiritando.»

Manuel Hidalgo, *El Cultural*

«La prosa de Mairal, argentino de Buenos Aires, le deja a uno tocado.»

Icon, *El País*

La uruguaya

Novela

Pedro Mairal
La uruguaya

DESTINO

Ediciones Destino, un sello editorial de Editorial Planeta, S. A.
Avda. Diagonal, 662-664, 08034 Barcelona (España)
www.edestino.es
www.planetadelibros.com

Adaptación de la cubierta: Booket / Área Editorial Grupo Planeta
Imagen de la cubierta: © Diana Lyovkina / Arcangel
Primera edición en Colección Booket: octubre de 2025
Segunda impresión: noviembre de 2025

Depósito legal: B. 13.887-2025
ISBN: 978-84-233-6860-0
Impreso en España

Biografía

Pedro Mairal nació en Buenos Aires en 1970. Su novela *Una noche con Sabrina Love* recibió el Premio Clarín en 1998 y fue llevada al cine. Ha publicado además las novelas *El año del desierto* y *Salvatierra*, y es autor de varios libros de poemas. Sus crónicas y columnas están reunidas en *Maniobras de evasión* y *Esta historia ya no está disponible*. Su novela *La uruguaya*, también llevada al cine, recibió en España el Premio Tigre Juan 2017 y lo confirmó como uno de los autores en español más destacados de su generación. En 2019 Destino publicó el volumen de cuentos *Breves amores eternos*. *Los nuevos* (2025) es su esperada nueva novela. Su obra ha sido traducida a más de catorce lenguas.

I

Me dijiste que hablé dormido. Es lo primero que me acuerdo de esa mañana. Sonó el despertador a las seis. Maiko se había pasado a nuestra cama. Me abrazaste y el diálogo fue al oído, susurrado, para no despertarlo, pero también creo para evitar hablarnos a la cara con el aliento de la noche.

—¿Querés que te haga un café?

—No, amor. Sigan durmiendo.

—Hablaste dormido. Me asustaste.

—¿Qué dije?

—Lo mismo que la otra vez: «guerra».

—Qué raro.

Me duché, me vestí. Les di mi beso de Judas a vos y a Maiko.

—Buen viaje, me dijiste.

—Nos vemos a la noche.

—Andá con cuidado.

Tomé el ascensor hasta el subsuelo del garaje y salí. Estaba oscuro todavía. Manejé sin poner música. Bajé por Billinghurst, doblé en Libertador. Ya había tráfico, sobre todo por los camiones cerca del puerto. En el estacionamiento de Buquebús un guarda me dijo que no había más lugar. Tuve que volver a salir y dejar el auto en una playa al otro lado de la avenida. La idea no me gustó porque a la noche, cuando volviera con los dólares encima, iba a tener que caminar esas dos cuadras oscuras, bordeando la vía muerta.

En el mostrador del check in no había cola. Mostré el documento.

—¿El rápido a Colonia? —me preguntó el empleado.

—Sí, y el ómnibus a Montevideo.

—¿Vuelve en el día con el buque directo?

—Sí.

—Bien... —me dijo mirándome un poquito más tiempo de lo normal.

Imprimió el pasaje, y me lo dio con una sonrisa de hielo. Le evité la mirada. Me incomodó. ¿Por qué me miró así? ¿Podía ser que estuvieran marcando y metiendo en una lista a los que iban y volvían en el día?

Subí por la escalera mecánica para hacer Aduana. Pasé la mochila por el escáner, di vueltas por el laberinto de sogas vacío. «Adelante», me dijeron. El empleado de Migraciones miró el documento, el pasaje. «A ver, Lucas, párese frente a la cámara por favor. Perfecto. Apoye el pulgar derecho... Gracias.» Agarré el pasaje, el documento y entré en la sala de embarque.

Estaba toda la gente formando una larga fila. Por el ventanal vi que el buque hacía las últimas maniobras de amarre. Pagué el café y la medialuna más caros del mundo (una medialuna pegajosa, un café radioactivo) y los devoré en un minuto. Me sumé al final de la fila y escuché a mi alrededor unas parejas brasileras, unos franceses, y algún acento de provincia, del norte, quizá de Salta. Había otros hombres solos, como yo; quizá también iban por el día a Uruguay, por trabajo o a traer plata.

La fila fue avanzando, caminé por los pasillos alfombrados y entré al buque. El salón grande, con todas esas butacas, tenía algo de cine. Encontré un lugar junto a la ventana, me senté y te mandé el mensaje: «Embarcado. Te amo». Miré por la ventana. Ya estaba aclarando. El espigón se perdía en una neblina amarilla.

Entonces escribí el mail que vos encontraste más tarde:

«Guerra, estoy yendo. ¿Podés a las dos?»

Nunca dejaba mi correo abierto. Jamás. Era muy muy cuidadoso con eso. Me tranquilizaba sentir que había una parte de mi cerebro que no compartía con vos. Necesitaba mi cono de sombra, mi traba en la puerta, mi intimidad, aunque solo fuera para estar en silencio. Siempre me aterra esa cosa siamesa de las parejas: opinan lo mismo, comen lo mismo, se emborrachan a la par, como si compartieran el torrente sanguíneo. Debe haber un resultado químico de nivelación después de años de mantener esa coreografía constante. Mismo lugar, mismas rutinas, misma alimentación, vida sexual simultánea, estímulos idénticos, coincidencia en temperatura, nivel económico, temores, incentivos, caminatas, proyectos... ¿Qué monstruo bicéfalo se va creando así? Te volvés simétrico con el otro, los metabolismos se sincronizan, funcionás en espejo; un ser binario con un solo deseo. Y el hijo llega para envolver ese abrazo y sellarlos con un lazo eterno. Es pura asfixia la idea.

Digo «la idea» porque me parece que los dos luchamos contra eso a pesar de que la inercia nos fue llevando. Ya mi cuerpo no terminaba en la punta de mis dedos; continuaba en el tuyo. Un solo cuerpo. No hubo más Catalina ni más Lucas. Se pinchó el hermetismo, se fisuró: yo hablando dormido, vos leyéndome los mails... En algunas zonas del Caribe las parejas le ponen al hijo un nombre compuesto por los nombres de los padres. Si hubiéramos tenido una hija, se podría llamar Lucalina, por ejemplo, y Maiko podría llamarse Catalucas. Ese es el nombre del monstruo que éramos vos y yo cuando nos trasvasábamos en el otro. No me gusta esa idea del amor. Necesito un rincón privado. ¿Por qué miraste mis mails? ¿Estabas buscando algo para empezar la confrontación, para finalmente cantarme tus verdades? Yo nunca te revisé los mails. Ya sé que dejabas tu casilla siempre abierta, y eso me quitaba curiosidad, pero no se me ocurría ponerme a leer tus cosas.

El buque zarpó. La dársena fue quedando atrás. Se veía un pedazo de la costa, se adivinaba apenas el perfil de los edificios. Sentí un alivio enorme. Irme. Aunque fuera un rato. Salir del país. Sonaban por el parlante las normas de seguridad, en castellano, en portugués, en inglés. Un salvavidas debajo de cada asiento. Y al rato: «Informamos a los señores pasajeros que ya se encuentra abierto el Freeshop». Qué genio el que inventó esa palabra, *freeshop*. Cuantas más restricciones le ponen al comercio, más nos gusta esa palabra a los argentinos. Una extraña idea de libertad.

Ahí estaba yo viajando a contrabandear mi propia plata. Mis anticipos de derechos de autor. La guita que iba a solucionar todo. Hasta mi depresión y mi encierro, y el gran «no» de la falta. No puedo porque no tengo plata, no salgo, no mando la carta, no imprimo el formulario, no voy a preguntar a la agencia, no destrabo la bronca, no pinto las sillas, no arreglo la humedad, no mando el currículum, ¿por qué? Porque no tengo plata.

Había abierto en abril la cuenta en Montevideo. Recién ahora en septiembre me llegaban los anticipos de España y de Colombia de dos contratos de libros que había firmado hacía meses. Si me transferían los dólares a la Argentina, el banco me los pesificaba al cambio oficial y me descontaban el impuesto a las ganancias. Si los buscaba en Uruguay y los traía en billetes, los podía cambiar en Buenos Aires al cambio no oficial y me quedaba más del doble. Valía la pena el viaje, incluso el riesgo de que me encontraran los dólares en la aduana a la vuelta. Porque iba a pasar con más dólares de los que estaba permitido entrar al país.

El río de la Plata: nunca tan bien puesto el nombre. El agua empezaba a brillar. Iba a poder devolverte los pesos que te debía por los meses que había estado sin trabajar y habíamos vivido solo de tu sueldo. Iba a poder dedicarme exclusivamente a escribir unos diez meses, si tenía cuidado con los gastos. Estaba saliendo el sol. Se iba a cortar la mala racha. Me acuerdo ese día en que llegamos a pagar el peaje con pilas de monedas de cincuenta centavos. Íbamos a visitar a mi hermano a Pilar. La mujer de la cabina no lo podía creer. Contó las monedas, quince pesos en monedas. Faltan cincuenta centavos, dijo. Atrás ya se oían las bocinas. Tiene que estar bien, contalo de vuelta, le dije. Está bien, pasá, pasá, dijo y arrancamos, riéndonos, vos y yo, pero con un fondo medio amargo quizá, inconfesado. Porque decías: Tenemos problemas financieros, no económicos. Y parecía cierto. Pero yo no concretaba proyectos, no terminaba de firmar nada con nadie, no quise dar cursos ni clases y creció un silencio que se fue acumulando con los meses, a medida que se despegó la bacha de la cocina y yo la apuntalé con unas latas, y se rayó el teflón de las ollas, se quemó un aplique de luz en el living y quedamos medio en penumbras, se rompió el lavarropas, el horno viejo empezó a largar un olor raro, la dirección del auto temblaba como el transbordador atravesando la atmósfera... Y mi muela quedó a medio arreglar porque la corona era cara, y postergamos el DIU hasta nuevo aviso, en el jardín de Maiko debíamos dos meses, nos atrasamos con las expensas, con la prepaga, y una tarde nos rebotaron las dos tarjetas en el Walmart, Maiko pataleaba en el piso entre las cajas y tuvimos que devolver todas las compras que habíamos metido en el carrito. Nos dio bronca y vergüenza. Fondos insuficientes.

Discutimos en el balcón, una vez, y otra vez en la cocina, vos sentada sobre la mesada de mármol, las piernas cruzadas, llorando y poniéndote hielo sobre los ojos. Mañana tengo que ir a trabajar con los ojos así, la puta que lo parió, decías. Estabas harta, de mí, de mi nube tóxica, mi lluvia ácida. Te noto derrotado, me dijiste, vencido. No entiendo qué querés. Y yo parado contra la heladera, anestesiado, sin saber qué decir. Agarré para cualquier lado, me sentí arrinconado y no se me ocurrió mejor idea que hablar de mi frustración. Te busqué a ver qué me decías. Si vos querés reducir tu vida sexual a dos polvos por mes hacelo, yo no puedo vivir así, te dije. Cuando salía, terminaba de leer o de hablar en una mesa redonda en algún centro cultural, me tomaba algo, se me acercaba una mina a hablarme, una pendeja de veinticinco, o una milf de cincuenta, me preguntaba algo, me sonreía, quería, quería, y yo pensaba si no serían dos cervezas y al telo, un poco de aventura, me salían los colmillos, un león atado con piolín de fiambrería, me tengo que ir decía, beso en la mejilla, qué lástima decía ella, sí, tengo un hijo chiquito, baldazo de agua fría, mañana me despierta temprano, ahí está, sefiní. Y salía a la noche, me trepaba a un colectivo, llegaba a casa, vos durmiendo, te cuchareaba, te apoyaba, nada, estabas agotada, dormidísima. A la madrugada Maiko venía a la cama. Nos levantábamos. Le hacíamos el Nesquik, lo llevaba yo al jardín, te ibas al centro. Chau, nos vemos a la noche y cuando volvías estabas cansada y te querías ir a la cama sin comer y yo miraba una serie, juntaba bronca, testosterona venenosa. Meses así.

¿Te tengo que felicitar porque no te cogés una mina?, me decías, ¿te tengo que agradecer? Estabas peleadora, brava. Y no te diste por aludida. Sos hábil discutiendo. Decime qué querés, decías. Y yo no decía nada más. No quise seguir. ¿En qué momento se fue volviendo paralítico el monstruo que éramos vos y yo? Cogíamos parados, ¿te acordás? En la terraza de tu depto en Agüero, contra el placard que pintamos juntos, en la ducha, sobre la mesa del comedor una vez. Éramos hermosos así, buscándonos. Teníamos hambre uno del otro. De frente levantándote una pierna contra la pared, en cuatro en el sillón, volteando los adornos de la mesa, vos arriba mío de pronto arqueada como si te estuviera por abducir una nave extraterrestre. Se nos ocurrían cosas, nos poníamos cambiantes, como rotando, dinámicos, prendidos fuego. De a poco nuestra bestia de dos espaldas fue quedando tullida, se echó, no se volvió a levantar. Surgía solo por la vecindad de la cama, por el contacto, horizontal, la bestia vaga, polvos de una sola pose, misioneros previsibles, o quizá vos boca abajo, casi ausente. Solos y juntos. O esas noches en que estabas tan cansada que no te llegabas a meter del todo en la cama, quedabas entre el edredón y la sábana, y yo más tarde en la oscuridad me metía bajo la sábana y no te podía ni cucharear, ni pasar la mano por la cintura, ni agarrarte las tetas, ni darte un beso en el cuello, separados por una tela tirante, estábamos al lado pero inalcanzables, como en dos planos distintos de la realidad.

Muchas noches pasaba eso. Me quedaba despierto boca arriba, sintiéndote respirar y escuchando la gota que empezaba a sonar como a las dos de la mañana y que nunca supimos dónde caía, parecía el ruido exacto del insomnio, la gota del inconsciente. Lo más irritante era que no fuera regular, era impredecible, y se estaba acumulando en algún lado, formando seguramente un charco, una humedad, pudriendo el yeso, el cemento, debilitando la estructura. Me tenía que ir al sillón del living, navegar un rato más en internet, quedarme dormido ahí, después volver a la cama derrotado. Porque supongo que tenías razón, estaba derrotado, no sé bien por quién ni por qué, pero me regodeaba en eso. «Estuve un tiempo en la lona, del desatino fui amante...», dice una canción que canté borracho esa misma tarde.

Me derroté a mí mismo supongo. Mi monólogo mental, mi tribuna contraria. Cuando no escribo ni trabajo sube el volumen de las palabras dentro de mi cabeza y me van inundando. Crecían dudas como enredaderas, me iban rodeando. Me preguntaba con quién te estarías viendo. Esas llegadas tarde tan arreglada y cansada después de reuniones y cocktails de la fundación... Y esos cambios sutiles: antes rara vez estabas depilada, ahora te sentía las piernas suaves cada vez que te rozaba en la cama. Se me llenaba la cabeza de preguntas. ¿Te estabas cuidando y arreglando para alguien que no era yo? ¿Y dónde se veían, Cata? ¿En telos? Nunca fuiste muy de telos, y quizá eso mismo te daba morbo. Me preguntaba quién podía ser, y no tenía pistas, algún miembro del directorio quizá. El triángulo de tu pubis siempre tan setentoso y arbustivo de pronto apareció podado, reducido, un poco más agudo. Para la bikini, me dijiste, y es cierto que era diciembre y se acercaba otro verano de invitaciones a piletas y jardines. Fuiste al ginecólogo y te curaste la candidiasis, que te hacía tener un olor fuerte y me hiciste tomar el mismo medicamento por si yo también lo tenía. ¿Nos estábamos curando los dos para tu amante? Se acumularon esas llegadas tarde, después de comer, a la una, a las dos de la mañana, y te oía desde la cama en el baño dejando correr mucho el agua, mucha actividad de jabón, sacándote el maquillaje, bidet, cepillo de dientes. Estoy casi seguro de que volviste a fumar, ¿con quién? Casi podía verte en terrazas con una copa de champagne en la mano y un cigarrillo, tu estilo de fumar, tu sonrisa. Eso borrabas en la escala técnica del baño. Una vez hasta te duchaste antes de meterte en la cama. Te sentí una noche una colonia fuerte, pero soy muy maniático con los olores, hipersensible, y puede ser que fueran los besos de saludos en la cena de fin de año. ¿Dónde estaba tu corazón entre todos esos cardiólogos? Te cerraste más, te escondiste dentro tuyo y me escarbaste para encontrarme algo. Cuando me embarullaban mucho los celos me daban ganas de escribirte un mail instructivo con algunos consejos para ser amante: no solo tenés que estar depilada y prolija, tenés que guardar una bombacha limpia de repuesto en la cartera, usar el bidet antes y después de cada polvo, controlar la obsesión, postergar la cita cuando estás menstruando, bloquear el celular. Las amantes no menstrúan. Ni llaman por teléfono al amado, ni hacen regalos, ni muerden en la cama ni usan rouge ni perfume. No dejan huellas en la superficie del cuerpo. Solo queman a fuego en el placer. Activan el sistema nervioso central, lo encienden por dentro.

Qué iluso. No tenía idea de nada y me hacía el superado, el veterano. Por suerte nunca te escribí.

Mastiqué mis dudas, mis inseguridades. Era mi actitud de desempleado, de tipo que no provee, mi impotencia de macho cazador, pidiéndote si podías hacerme una transferencia, pidiéndole medio en secreto diez mil pesos a mi hermano mientras él hacía el asado, y esas planillas Excel que tanto te gustaba hacer, mis números en rojo, mi deuda creciendo. No era muy erótico el asunto, lo admito. Y es cierto que ya Mr. Lucas estaba un poco más viejo, menos atractivo. O por lo menos yo me sentía así. Vencida la columna, más prominente mi rollo de flaco con panza, algunas canas en la cabeza y en el pubis, y la pija que casi de un día para el otro se me torció, se me curvó levemente hacia la derecha, como si se me enloqueciera la brújula y abandonara el norte para apuntar un poco al este, hacia la Banda Oriental. Eso me pasaba sobre todo, tenía la mente en otro lado. Y a veces cuando llegabas me descubrías mirando el atardecer en el balcón agarrado como un preso de la reja que pusimos cuando Maiko empezó a caminar.

La vibración del barco me adormeció. Volví a abrir los ojos: había salido el sol sobre el río. Ya estábamos cerca de Colonia. Mi teléfono enganchó señal y me entró el mail de Guerra contestándome:

«Dale. A las dos. Mismo lugar que la otra vez.»

Entonces dije su nombre, para mí, contra el vidrio, mirando el agua que brillaba como plata líquida:

—Magalí Guerra Zabala.

Lo repetí dos veces.

2

En los parlantes anunciaron que estábamos por llegar y les avisaron a los pasajeros que viajaban con auto que ya podían bajar a la bodega, «no encendiendo los motores hasta que se les indique». Mal usado ese gerundio. Me puse cerca de la puerta para salir entre los primeros y conseguir un buen asiento en el ómnibus. Enseguida se armó una aglomeración de gente. Esos momentos como de ganado en el matadero. Todos mirando la puerta cerrada. Estábamos a punto de mugir. Y abrieron.

Ya estoy en Uruguay, pensé caminando por esa manga de lata con ventanas de nylon transparente. Pasé casi en punta por la Aduana y salí hacia donde estaban los ómnibus. Un tipo que iba delante de mí frenó a fumarse un cigarrillo, así que llegué primero. O eso creí. Cuando subí me encontré con el ómnibus lleno de gente. Serían quizá de otro ferry.

—¿Montevideo?

—Sí —me dijo el chofer.

—¿Espero al otro? —pregunté, con la esperanza de que me hicieran subir a uno vacío.

—No. Al fondo hay lugar.

Subí resignado. Las caras. No veía ningún asiento vacío. Atrás vi uno, justo donde quería: contra la ventanilla del lado derecho. Pedí permiso; el hombre que estaba del lado del pasillo se paró y me dejó pasar. Cuando me senté descubrí por qué estaba vacío, era el asiento donde la rueda trasera ocupa gran parte del espacio para los pies. Iba a viajar incómodo, pero mirando la ruta hacia el lado que me gustaba porque, aunque no se viera, se sentía de ese lado del paisaje la cercanía del mar.

El ómnibus arrancó, salió del puerto y tomó la ruta bordeada de palmeras. Qué sería lo que tanto me alegraba de esas palmeras gigantes que pasaban hacia atrás, inagotables, repetidas, como un portal a otro lugar, un tránsito hacia el trópico, una chispa africana. ¿Qué combinación de cosas gatilló ese ataque de felicidad? La luz más blanca, el ómnibus que se bamboleaba, el desplazamiento por los grandes espacios, el paisaje ondulado, amable, quebrado, ya lejos de la jodida pampa metafísica, la mañana, un caballito pastando, la entrega a ese «no ser» que se siente al viajar, las nubes... Arriba en el vidrio de la ventana decía «Salida de emergencia», solo esas palabras contra el fondo del cielo. Parecía una metáfora de algo. La posibilidad de escaparse hacia la nada celeste.

No era exactamente el mar lo que se adivinaba detrás de esos campos ondulados, era todavía el río, el fin del estuario que se iba haciendo mar, pero podía sentirlo como algo que estaba por suceder, una resolana en mi cabeza donde también estaba Guerra, en ese otro resplandor entre los médanos el verano en que la conocí en Rocha. Para ese lado del horizonte sucedía todo ese recuerdo, y ahora estaba cada vez más cerca.

La conocí en el festival al que me invitaron en Valizas. Duró de un viernes a un lunes, el último fin de semana de enero. Vos te quedaste con Maiko en lo de tu hermana, en el country. Fue divertido el viaje porque había otros escritores. Todo el lugar era bastante hippy, con cuartos de varias cuchetas y baños compartidos. El ciclo de lecturas y mesas redondas fue una gran excusa para conocer gente, caminar por los médanos, fumar, escuchar opiniones, teorías disparatadas, reírse, meterse al mar, ponerse al día con los chismes del mundito literario. Las lecturas fueron buenas, pero me interesó más la periferia. Conocerlo a Gustavo Espinosa, por ejemplo, tomar mate con él, hablar de «Las arañas de Marte»... Deambulábamos por ahí. El lugar estaba repleto de niños bien jugando a ser mendigos por un mes. Rubios harapientos, rastafaris de universidad privada, músicos a medias, artesanos temporarios, malabaristas full time. Tenía su encanto el lugar, y uno podía desplazarse entre guitarreadas, donde cantaban «A redoblar, muchachos, la esperanza» o esa de Radiohead que dice «You are so fucking special». Y había mateadas, círculos cannábicos, grupos tocando percusión. Algunos hacían todo eso junto. Mucha barba rala, crenchas, peinados salitrosos de un impasse de semanas con el champú, chicas con melenas y actitudes primitivas y grandes ojos verdes, sorprendentes, vestidas con una mezcla de buzos de gimnasia y telas étnicas, onda Bali, Bombay, alusiones budistas, africanismos sobreactuados, carpas desparramadas entre las dunas, campamentos, la cumbre del estilo homeless chic. La marihuana enseguida me hizo sentir parte. Un cuarentón flotando entre los veinteañeros.

No era el único jovato fuera de foco, estaba Norberto Vega, estaba el Chino Luján... Con ellos dos, sobre todo, parrandeamos. Vega estaba azorado por las condiciones de higiene. Cuando fui a bañarme en las duchas colectivas me advirtió: ¡No te bañes acá, Luquitas, que estos hippies el hongo más chico que tienen es del tamaño de la casa de los Pitufos! Me bañé igual. Y el Chino estaba con una sonrisa que no le veía hacía tiempo, por lo constante, en estado de gracia. Era la droga, claro, pero consumida en un mundo sin compromisos, sin tener que volver a la responsabilidad de ningún tipo, sin familia, sin trabajo, sin horarios, ni ciudad, ni autos, ni peligro de accidentes, arena blanda por todos lados, calor, puro hedonismo playero. De golpe no aguantábamos más, y nos íbamos a las cuchetas a dormir unas horas en pleno día llenos de arena para escondernos del aullido del sol.

Tuve que meterme en el mar para despejarme y estar alerta antes de la mesa redonda. El agua fría y salada me revivió. En mis primeras intervenciones con el micrófono creo que estuve correcto, medio automático, después empecé a hablar. Vega se caía de la silla, bostezaba como el león del zoológico. El Chino, mientras hablaban los demás, tenía cara como de poseído y teledirigido, o como si acabaran de avisarle por mensajito que era adoptado. Igual creo que lo hicimos bien, dignos, levemente polémicos y hasta quizá algo graciosos. Era en un quincho grande con una mesa, equipo de audio, sillas para el público, y atrás en varias mesas una feria de editoriales independientes. Había un ambiente familiar, y estaba lleno, con gente asomada por las ventanas. Se habló de realismo, de verosimilitud, de nuevas tecnologías, de los noventa, de la posdictadura... Ahí estábamos los intelectuales latinoamericanos armando nuestro número, hablando para nosotros mismos en un balneario. La gente nos miraba, no sé cuánto se entendía, me pareció que querían que leyéramos algo, un poco más de show y menos teoría, pero igual aplaudieron con entusiasmo. Y después hubo fiesta, y ahí apareció Guerra.

Ahora el ómnibus iba entre unos campos amarillos, casi fosforescentes, por las flores de un sembrado que no sé cómo se llama. Las palmeras habían quedado atrás. Se veían lejos algunas chacras y montes de eucaliptos. De vez en cuando cerca de la ruta había una casita con un parque prolijo y adornado. Uno con un caballo de cemento, cisnes de yeso y carros antiguos. Otro con carrocerías de camionetas de los años cincuenta. Ese costado medio cubano que asoma en el interior del Uruguay, con los viejos Chevrolets o los Lanchesters descascarados, algunos que todavía andan, o quedan tirados de gallinero hasta que los descubre algún fanático restaurador.

Necesitaba salir al pasillo para estirar las piernas, pero tenía que pedirle permiso a mi vecino de asiento y preferí aguantar un rato más. Hacia la mitad del ómnibus, en diagonal, un tipo atendió el teléfono y empezó a hablar a los gritos. Le explicaba algo a la secretaria, coordinaba horarios, era médico. Imponía su vozarrón sobre el sueño y el ensueño de todos los pasajeros, su problema de agenda, su maltrato a esa mujer que solo estaba tratando de compaginar sus compromisos enmarañados. «¡Lo de Medical Group se puede pasar a octubre, por el amor de dios, Isabel, no me enchufes todo en la misma semana, pensá un poco!» Nunca me cayeron bien los médicos hombres, con ese aire de grandulones con guardapolvo, escolares crónicos con gigantismo, los bravucones peludos de la clase, haciéndose los serios en la consulta, usando grandes palabras anatómicas, hipersexuados, libidinosos ni bien cierran la puerta del consultorio, cogiendo todos por ahí con enfermeras en ese doble fondo de las guardias, acceso restringido al personal, coitos de camilla, desenfrenos de rincón, entre tubos de oxígeno y carritos con material quirúrgico, guardapolvos disimulando erecciones, galenos con priapismo, grandes porongas doctas, reverenciadas, falos hipocráticos rodeados de conchitas dispuestas como mariposas rosadas en el aire, sátiros de blanco, con unas canas que hacen suspirar a la paciente y a ver respirá profundo, otra vez, bien, levantate un poco la blusa, respirá otra vez, muy bien... Hijos de puta, abusadores matacaballos, carniceros prepagos, sumando comisiones de cesáreas innecesarias, atrasando la operación para después de su semanita en Punta del Este, maltratadores seriales, ladrones del tiempo y la salud, ojalá les llegue un infierno eterno de sala de espera con revistas pegoteadas, aprovechadores parados en su columnata griega, te vas a aplicar la crema en el área pruriginosa, ¡hijo de un camión lleno de putas!, ¡el área pruriginosa!, por qué no decís «el lugar donde te pica», la concha de tu hermana, reverendo sorete grandilocuente...

Luquitas, vos quisiste ser médico alguna vez y quedaste por el camino —me susurró la tribuna contraria, el coro griego que siempre viaja conmigo—, largaste en primer año, ¿te acordás? Sí, ¿y?, ¿qué tiene que ver? Y ahora un médico se coge a tu mujer. Qué ironía. El gran guionista lo hizo otra vez. Qué golazo te metieron, padre. Al ángulo. Estás como el arquero en el aire oyendo la pelota rebotar en la red. Duele, duele, pero ya pasará. Te voy a recetar una crema para que te apliques en el área repijoteada, la zona endogárchica, la irritación jermupirática, es excelente, te disminuye la córnea craneana, cura la ciervatitis crónica, desata el nudo cornudeano... Vas a ver. Vas a andar bien. Respirá hondo por favor, bajate un poco más el pantalón... Ahí está, ¿viste que no dolió?

Y esa mañana justo había mirado tus aros en el baño, aros largos, plateados, caros, tirados ni bien llegaste esa noche y te sacaste el maquillaje, la máscara que no vi, y me acordé de esa expresión caribe: anda columpiando los aretes con cualquiera. ¿Quién te columpiaba los aretes, Catalina? Tus aros de Ricciardi bamboleando en el galope sexual, tus aros de avenida Quintana tintineando en el zarandeo de la trampa, sonando como los caireles de la araña en pleno sismo. La directora de desarrollo de la Fundación Cardio Life entrechocando su pelambre pélvica con el miembro de un miembro del directorio ejecutivo de la misma. Algún mediquito creído, con buen auto, algún catolicón de misa de country, un exrugbier cardiólogo, de cuello ancho, de estampita de bautismo de cada hijo en la billetera, de consultorio estilo inglés, lámpara verde de caballo de bronce, boisserie, medio oscuro en la sala de espera, grabados de caza de zorros, un caballo saltando una cerca, la jauría alborotada, el empapelado bordó, la secretaria vieja aprobada por la mujer, tratando de cubrir y coordinar sus compromisos inesperados.

Por fin el tipo se calló.

Acepto que yo estaba nervioso, los cables medio pelados, inquieto, corrido hacia adelante. Ahora sí se empezaba a ver, detrás de los campos, un horizonte azul. Estábamos por cruzar un puente sobre el río Santa Lucía. ¡El mar! Se abría el paisaje, unas barrancas, la tierra terminaba por un instante, y aparecía el agua, el borde del Atlántico, ya estaba ella en la punta de mis dedos, en el aire delante de mi cara, su cara altiva, su desafío en la mirada, un poco entrecerrados los ojos, seria y después con una semisonrisa al borde de la boca, pícara, brava, todo de golpe, como me miró cuando la vi en Valizas por primera vez y la saqué a bailar. Había una rockola en el quincho, y sonaron cumbias y salsa, y alguien puso «Sobredosis de amor, sobredosis de pasión», yo ya venía bailando en el tumulto, una histeriqueada con la poeta chilena pero que le bailaba más a Vega que a mí, y ahí estaba Guerra a un costado con una amiga charlando, el vaso de cerveza en una mano, y la agarré de la otra, y la traje a la pista, quiso venir, ya me había visto, me dijo después, me había escuchado hablar, sonreía, me mantenía la mirada, giraba y me volvía a mirar, enganchados con los ojos, y la fuerza que tenía, la fuerza en las manos, flaca con energía terrestre, nada volátil, un tren bailando, cuando la agarraba de las manos y giraba, o le hacía un falso trompo envuelta en mi brazo, una chica de armas llevar, presente y al choque, flequillo rollinga, el pelo mojado, mini de jean, remera floja sobre el corpiño de la bikini (soutien hubiera dicho ella), y descalza. Todo el verano descalza. Qué mujer más hermosa, qué demonio de fuego me brotó de adentro y se me trepó al instante en el árbol de la sangre. ¿Cómo te llamás? Magalí. Yo soy Lucas. Fuimos a buscar más cerveza.

Había un quiosco a un costado. No me acuerdo mucho de qué hablamos. Sé que me erguí como una cobra ante sus ojos con preguntas de curiosidad genuina, muchas preguntas. La hice reír. Me habló. Bailamos más. Tomamos más. No me había leído ni registraba mi nombre. Estaba ahí porque su amiga tenía una editorial de poesía. Me contó que había empezado a estudiar ciencias sociales, que había largado, que trabajaba en un diario a la tarde en Montevideo, estaba por quince días en Valizas, con unos amigos, dijo, medio esquiva en ese tema. La siguiente cerveza hubo que buscarla más lejos, en una despensa calle abajo, un trecho oscuro, y ya a la ida la agarré de la mano y me agarró de la cintura y le di un beso, nos dimos un beso. Largo. Yo estaba muerto y por fin resucité. Estaba ciego y por fin veía de vuelta. Estaba anestesiado y se me prendieron los cinco sentidos otra vez y a máxima potencia. Tengo que tener cuidado, me dijo al oído. ¿Por qué?, ¿estás de novia? Algo así, susurró. Yo estoy casado, tengo un hijo. Ya sé, hablaste de tu hijo en la charla.

Le presté mi suéter, porque tenía frío. Le conté dónde había estado ese día, en la playa, al borde de un arroyo, y que había visto del otro lado una fila de gente subiendo un médano. Iban a Polonio, me dijo. ¿Se puede ir a Cabo Polonio desde acá? Sí, son un par de horas caminando. ¿Vamos mañana?, la desafié. Dudó, calculó cosas incalculables en su cabeza, se puso seria, me dijo: Dale, mañana te muestro, hay que salir temprano.

Volvimos a la fiesta y apareció la amiga, se la llevó de la mano, tenía que ayudarla con unas cajas de libros. Nos despedimos recatados, beso en la mejilla, sin decir nada de la cita al día siguiente. Todavía sonaba la música pero ya casi nadie bailaba. Me quedé ahí parado solo con un vaso en la mano tratando de asimilar el sacudón y pensando que ella me había dicho que no tenía celular y no tenía cómo contactarla. Uno de los organizadores me vio y me dijo medio a los gritos sobre la música: suspendimos la mesa de mañana a las once, quedaste liberado. Cuando dos personas se atraen, una extraña telekinesis abre entre ellos un camino que aparta todos los obstáculos. Así de cursi es nomás. Se hacen a un lado las montañas. Eran las tres de la mañana y me fui a dormir borracho de todo eso, y sin un gramo de culpa.

El vacío rural del camino se fue poblando de a poco. Aparecían galpones de venta de materiales, alguna fábrica, hileras de casas bajas, escuelas. Empecé a escuchar un diálogo en los asientos justo detrás de mí. Una mujer contestaba una pregunta que no llegué a registrar pero que adiviné: el hombre quería saber el motivo del viaje de ella a Montevideo. Había muerto la madre después de una larga enfermedad. Eso siempre es doloroso, decía él, la muerte de un familiar, y decía que cada uno tiene sus maneras de hacer el duelo. Si uno es religioso se asimila mejor. Claro, decía ella, uno tiene la esperanza de que un día la va a volver a ver.

Quedé atrapado en ese diálogo que, como suele pasar en las conversaciones casuales entre desconocidos, se volvió inmediatamente trascendental. El más allá, el reencuentro con los seres queridos, la resurrección, la inmortalidad de las almas, el misterio. ¿Usted qué religión profesa?, preguntó el hombre. Soy testigo de Jehová, contestó ella. Ah, dijo él, yo soy de la Iglesia Evangélica, soy pastor. Toda la empatía que se había generado se evaporó de pronto, las voces se pusieron dudosas, tensas. Él, mansamente, la atacó en su dogma, la buscaba por el lado del espíritu santo, y los milagros, y citaba de memoria Hechos 13. Ya no pude desentenderme. Quería ver dónde desembocaba el suave enfrentamiento, sus divergencias en el Apocalipsis, su batalla de cristianos apóstatas. Ella se defendía bastante bien. El pastor usaba un «ustedes» cuando le hablaba a la mujer. Ustedes tienen una postura con respecto a los milagros, que... bueno... Porque milagros hay. En mi iglesia mucha gente se ha curado con la oración. He visto gente curarse del pie plano. Mi nieto mismo se curó del pie plano con oración. Y a una mujer se le emparejaron las piernas, tenía una más corta.

Me fascinó el diálogo, la idea de una mujer a la que se le emparejan las piernas. Quizá se le emparejan al revés, la pierna larga se le retracta y se empareja con la más corta, queda más petisa y se va a quejar al pastor porque perdió casi diez centímetros de altura y no está conforme con el milagro, va con la madre a quejarse, mi nena era alta, renga sí, pero alta, y ahora quedó retacona, y el caso termina en un tribunal brasilero de la Iglesia Universal del Reino de Dios.

Después el pastor empezó a hablar del perdón. Yo quería verles las caras. Pero no me animaba a darme vuelta. Contó que una señora mayor había llegado con las piernas tiesas a un casamiento en su iglesia. Había torta de tres pisos, se habían puesto en gastos que para esa gente, dijo, eran un esfuerzo muy grande. La señora tiesa le quiso hablar en privado y oraron juntos, el pastor y ella, rezaron el padrenuestro despacio, y cuando llegaron a la parte de «perdona nuestras ofensas así como nosotros perdonamos a quienes nos ofenden», él repitió dos veces la frase y la señora se largó a llorar y decía que no podía perdonar al hijo, y al final perdonó, y pudo mover las piernas. Todos en la boda se sorprendieron mucho. El pastor se puso en contacto con la familia tiempo después y la señora había muerto, pero en ese casamiento pudo caminar.

Enumeró más ejemplos de gente que, recién una vez que perdonaba, mejoraba su situación: los hijos conseguían trabajo, a un yerno le salía el sorteo del cero kilómetro, todo se destrababa. Yo mismo, contó el pastor, estuve mucho tiempo sin perdonar a mi mujer. Ella llegaba tarde, tenía horarios de trabajo muy irregulares, volvía a las once de la noche. Estaba enfermo de los celos. El demonio lo hacía pensar lo peor. Cada dos horas enloquecía pensando, y oraba y se le pasaba. Llamaba al demonio «el enemigo». Y al final perdonó, sin estar seguro de si ella lo engañaba o no, pero perdonó y se liberó. Antes, ella llegaba y él la maltrataba, le decía «cociná». Ahora la esperaba con la cena preparada y un chocolate blanco, porque a ella le gustaba el chocolate blanco. Hacía treinta y cinco años que estaban juntos.

¿Quién arma esto?, pensé. ¿Quién me manda sentarme justo adelante de estos dos dementes que dicen cosas que me pegan directo en el centro? ¿Es uno el que está atento solo a las cosas que le competen y entonces recorta del infinito caos cotidiano justo lo que lo interpela? ¿O pasan cosas raras? ¿Tenía yo que perdonarte, Catalina? ¿Eso me iba a liberar y a destrabar? Me estaba riendo del evangelista y la testigo de Jehová y me aleccionaron de golpe, sin proponérselo, sin percibirme, me dejaron serio, mirando pasar las afueras de Montevideo. Las casas precarias, algunos basurales, el rebusque, los carros botelleros, gente sentada conversando en la puerta de las casillas, y el cerro allá lejos.

¿O tenía que perdonarme a mí mismo? Pero perdonarme de qué?, si no había hecho nada. Es cierto que fui con Guerra a Cabo Polonio, pero no estoy seguro de que aplique como infidelidad lo que pasó. Quizá sí, no sé. La mañana después de la fiesta, nos encontramos a las nueve y media en el almacén, donde habíamos quedado. La vi llegar con pareo, bikini celeste, zapatillas. Pensé que no ibas a estar, me dijo.

Yo no le dije que pensé lo mismo de ella. De día era todavía más guapa. ¿No estaba un poco fuera de mi liga? Pensé que mis chances dependían de meter panza y confiar en mi aura dudosa de escritor argentino. Podía fallar.

No nos dimos un beso de entrada. Caminamos a la par esquivando grupos de gente dormida en fogones apagados. Tenía puestas unas gafas de sol buenas. No le terminaba de sacar la ficha, ¿era una cheta medio rea, o era medio lumpen?, ¿se hacía un poco la arrabalera o era? No conocía bien los matices montevideanos, los sociolectos. Caminamos, sin hablar de a ratos largos, sonriéndonos de vez en cuando. No quise apurar un beso. Me gustaba esa especie de recomienzo, sobrios y a la luz del día. Llegamos al arroyo. Podíamos cruzar a nado o en bote pagando unos pesos. Decidimos cruzar a nado porque estábamos metidos en la aventura. Guardamos mi mochila y su morral en una bolsa y la cerramos con un nudo. Guerra me advirtió que cruzáramos un poco más arriba porque la corriente nos podía arrastrar fuera, hacia el mar.

No fue difícil, pero era verdad que el agua corría fuerte, tuvimos que nadar y llegamos al otro lado casi al final de la desembocadura. Nos sentamos jadeando en la otra orilla. Yo tardé un poco más que ella en recuperar el aliento.

—No te vas a morir acá, ¿no? —se burló.

—Me parece que sí —le dije y me tiré arriba de ella.

Los dos empapados, muy de película romántica. Pero justo antes de darle un beso, me dijo al oído:

—Vamos más lejos.

Hay dos o tres frases de Guerra que me quedaron sonando en un eco de meses y atravesaron el invierno sin apagarse. Esa fue una. Vamos más lejos.

Cuando se escribe, creo, es difícil convencer al lector de que una persona es atractiva. Uno puede decir que una mujer es hermosa, que un hombre es guapo, ¿pero dónde está la chispa deslumbrante, en la mirada del narrador, en la obsesión? ¿Cómo mostrar con palabras la exacta conjunción de rasgos de una cara que provocan esa locura sostenida en el tiempo? ¿Y la actitud? ¿Y la mirada? Solo puedo decir que ella tenía una nariz uruguaya. No sé cómo explicarlo mejor. Esas narices de la Banda Oriental, bien llevadas, con una leve comba, un puente alto, como la erre de su nombre, el desafío etarra de su linaje vasco, en su nariz. Ni un grado más ni un grado menos en ese ángulo, y ahí estaba la matemática secreta de su belleza. ¿Y los ojazos verdes, y su boca de beso constante? Sí, sumaban a lo sexy, pero sin la altura de su napio bélico Guerra no hubiera sido Guerra.

Subimos un médano, el primero de muchos, y lo bajamos enterrando los pies en la arena hasta la pantorrilla. ¿Dos horas de esto?, pensé, pero no dije nada. No estaba seguro de si iba a poder llegar. Otro médano más y ahí en la cumbre miramos el estallido del mar, un brillo de explosión atómica. Y ahora sí le di un beso. Le rodeé la cintura, la apreté contra mí. Beso de lengua, de trampa, de perfecta intimidad como si la enorme cúpula del cielo se acercara hasta ser un cono de silencio. Las ganas y el calor. Mi mano despacio por sus caderas, por su panza chata, la piel bronceada y el borde de la tanga de su bikini, mi mano ya en territorio comanche, un poco más allá, estaba depilada, y de pronto con la yema del dedo toqué algo no humano. Metálico. Un mínimo punto extraterrestre. Un arito. La miré a los ojos y la divirtió mi sorpresa. Guerra tenía un piercing en el clítoris. Entonces mi dedo se perdió en su concha mojada y caliente, su divina concha mojada para mí, su agua sexual que se quedó conmigo en una memoria física que, a pesar de todo lo que pasó, puedo encontrar cuando quiero y me sigue provocando inmediatamente una revolución solar en toda la extensión de mi sangre.

Guerra jadeaba y me mordía apenas la boca mientras la tocaba y me dijo:

—Hijo de puta. Quiero que me cojas.

Otra frase que atravesó el invierno helado sin dejar de quemar.

Y se oyó un grito, o un chiflido, venía gente. Otros peregrinos camino al Cabo. Estaban lejos pero igual interrumpieron, y el cielo se volvió a abrir enorme como un ojo azul del que no podíamos escapar. Nos abrazamos tratando de calmarnos. Nos dio risa y euforia. Seguimos caminando. Saqué las medialunas que había comprado a la vuelta de la hostería. Eran gloriosas. Las devoramos. El sol pegaba fuerte. Nos pusimos las remeras atadas a la cabeza como beduinos del desierto. Había que atravesar un valle verde, y cada vez que hacíamos una pausa abrazándonos, tirados entre los pastos, venía gente, pasaban gritando cerca, y teníamos que sentarnos, disimular, levantarnos y seguir. Parecía un éxodo la fila de caminantes, espaciados pero presentes, molestos, testigos, arruinadores de la intimidad, pisoteadores del edén, contingentes ruidosos. Los odié a todos y a cada uno, con su ostentación de pobreza, su estudiado despliegue de miseria veraniega, su tono de viaje de egresados, de mochilero en Bariloche. Y escuché acentos de todos lados, muchos de compatriotas cordobeses, correntinos, porteños, que no se habían ido a Brasil ese año porque estaba más caro.

Ya cerca de Cabo Polonio nos escondimos entre las rocas. Estábamos enloquecidos. Unas formaciones rocosas como prehistóricas. Había rincones, pliegues, recovecos. Eso necesitábamos.

—No tengo forros —le dije a Guerra en el apuro.

—Yo tengo —dijo y sacó de la mochila unos sobrecitos plateados.

Guerra me desabrochó el traje de baño mirándome a los ojos, me agarró, me trajo hacia ella, me dijo:

—Qué linda pija.

Seré muy básico quizá, pero estoy casi seguro de que no hay nada que le guste más a un hombre que que le digan eso. Más que sos un genio, te amo, o lo que sea. Y es una frase tan simple y efectiva, tan fácil de mentir. Me puse el forro y cuando finalmente estaba por meterme entre sus piernas, oímos la voz estridente:

—Disculpame, una pregunta, ¿falta mucho para Cabo Polonio?

Una cabecita de mujer asomada detrás de la gran roca. No se dio cuenta. Por el ángulo solo nos vio de la cintura para arriba. Guerra muy hábilmente, sin movimientos bruscos, dobló una pierna apoyada contra la roca y se fue cerrando el pareo. Yo me subí el traje de baño. Lo cerré con el velcro. Le deseé la muerte a esa señora perdida. Si tuviera poderes síquicos la hubiera inmolado con combustión espontánea. Fueron brotando de las piedras varios niños muy atentos y curiosos.

—Hay que seguir un rato y se llega al faro —dijo Guerra.

Estábamos rodeados, risas, voces, niños saltando de roca en roca.

Seguimos ya de mal humor, no nos causó más gracia el asunto. Cuanto más gente a nuestro alrededor, más nos hacíamos caras de frustración, serios, cómplices, desesperados. Llegamos al Cabo, deambulamos entre las casitas pintorescas, los ranchos, las casillas, nos metimos al mar para apagar el fuego, en un bolichito tomamos cerveza y comimos miniaturas de pescado. Estábamos silenciosos, y nos fuimos calmando. Si no se podía, no se podía. Barajamos itinerarios futuros: yo me volvía esa tarde, y ella también tenía que volver. Una tristeza de amor reciente, nuevo. Gran confluencia de emociones. De eso me acuerdo y que ahí en Polonio la llamé así por primera vez:

—Guerra, ya te voy a agarrar a vos.

Me sostenía la mirada. Hablamos. Supe algunas cosas más de ella. Tenía veintiocho años. Guerra era el apellido del padre con el que vivía a veces y Zabala el apellido de la madre que había muerto hacía unos años. Su novio era plomo en una banda metalera conocida en Uruguay, aunque yo no la conocía. Al menos en esa época. Yo le conté algunas cosas.

Me preguntó por mis libros. Le dije que le iba a mandar una novela que sucedía en Brasil, pero que primero tenía que escribirla.

Volvimos juntos en un camión por la arena, y después en un ómnibus que nos llevó a Valizas. Se quedó dormida en mi hombro. En un momento algo me picaba, me incomodaba, me di cuenta de que era el forro todavía puesto en la punta de mi verga achicharrada.

Ya estábamos cerca de la terminal. Me dolían mucho las piernas plegadas y también la espalda. Mi vecino de asiento estaba dormido. El pastor y la testigo de Jehová ya no hablaban. Me dio mucha hambre. Eran las doce del mediodía. El bulevar Artigas estaba en construcción y avanzábamos lento, con desvíos por el carril contrario. Como alguna gente se había bajado en plaza Cuba, me cambié de asiento. Le pasé por encima a mi vecino pero lo desperté sin querer. Le pedí disculpas y me senté más adelante.

Con el asiento vacío a mi lado, se me hizo más fácil recrear el fantasma de Guerra a mi lado en el ómnibus llegando a Valizas. Me acuerdo que ella se despertó porque yo tenía chuchos de frío, una mezcla de insolación y calentura. Le dije que iba a estar bien. Me dijo que se tenía que bajar un poco antes. Me anotó su mail en un papelito y nos dijimos adiós.

Se bajó en la entrada de un camping y vi que se encontraba con un grupo de chicos, un tipo medio canoso con un perro con bozal la abrazó un poco de más. Llegué a Valizas justo con el tiempo de juntar mis cosas y subir a la combi de escritores que nos llevaba de vuelta. Yo no quería saber nada con nadie. Ni contestar preguntas de dónde había estado ni enterarme de los sucesos de ese día. En el azar de los asientos me tocó al lado una crítica literaria de cuyo nombre no quiero acordarme. Me acurruqué contra la ventana todo lo que pude, me quise disolver en el paisaje atardecido, entregarme por completo a esa tristeza de no verla más a Guerra quizá por mucho tiempo. De pronto la crítica me trajo de vuelta con una pregunta, y estas fueron sus textuales palabras: ¿Lucas, vos tuviste oportunidad de leer lo que yo escribí sobre el eje civilización y barbarie en tu novelística? Contesté lo que pude y después, durante las cuatro horas de viaje hasta Montevideo, dormí y simulé que dormía.

3

Llegamos a la terminal de Tres Cruces. No me apuré en bajar. Dejé que pasaran antes los demás. La testigo de Jehová era una mujer ancha, de pelo platinado y jean ajustado, de unos treinta y cinco años, y el pastor, un hombre canoso y alto, de ojos claros, sin equipaje, solo con un portadocumentos en la mano, andaría por los sesenta. Bajaron serios los dos, sin hablarse.

Bajé y fui a comprarme un sándwich. Me gusta esa mezcla de terminal y shopping que tiene Tres Cruces. Un centro comercial arriba de una estación. Subí por la escalera mecánica. Me acuerdo de haber sentido enseguida la presencia de lo distinto. Ya empezaba esa deriva entre la familiaridad y el extrañamiento. Un aire reconocible, cercano a la Argentina, en la gente, en el habla, la forma de vestirse, y de pronto unas marcas que no conocía, una palabra distinta, un tú en lugar de un vos, una parejita y él con el termo bajo el brazo y el mate en la mano, una chica hermosa con un costado afro y otra y después otra, una premonición brasilera. Como en los sueños, en Montevideo las cosas me resultaban parecidas pero diferentes. Eran pero no eran.

Me quedaban unos pesos uruguayos del viaje anterior, y una tarjeta de Antel. Me comí el sándwich y desde un teléfono público de la terminal lo llamé a Enzo. Fue como entrar al pasado. No sé por qué arreglo extraño, Enzo no podía recibir llamadas desde un celular. Había que llamarlo de un fijo a su teléfono también fijo y lo más extraño era que atendía siempre. Le había avisado que iba a Montevideo pero igual lo sorprendí.

—¡El holandés! —me dijo entusiasmado del otro lado de la línea.

Así me llama Enzo, porque dice que tengo cara de holandés, qué sé yo, no tengo ni una pizca, pero era el apodo con el que me empezó a llamar cuando iba al taller literario que dio en Buenos Aires en los noventa.

—¡Holandés, estoy a punto de ser un jubilado bobalicón!, vení rápido que muy pronto no voy a poder ni hablar.

Quedamos en vernos a las seis en su casa. Así teníamos un rato para conversar antes de mi buque de vuelta a las nueve de la noche. Enzo siempre estaba con algún libro en el horno, o recién publicado, a punto de viajar a Paraná, descubriendo algún poeta rarísimo, entregado a la curiosidad, urdiendo triangulaciones uruguayo-porteño-entrerrianas, suplementos culturales, prólogos, presentaciones, premios, festivales. Me quería convencer para que lo ayudara a armar una revista literaria que se iba a llamar *N.º 2* porque, según sus palabras, iba a durar dos números.

Caminé entre los mostradores de las distintas líneas de ómnibus con nombres como Rutas del Plata, Rutas del Sol. Miré los carteles con los destinos: Castillos, La Pedrera, La Paloma, Valizas, y otros más lejos, Porto Alegre, Florianópolis. ¿Cuántas horas se tardaría hasta esas playas en el calor de Brasil, el mar turquesa, las caipirinhas? Me arrimé al mostrador:

—Buen día...

—Buenas tardes ya —me dijo la chica mirando el reloj.

—Buenas tardes, quería saber cuánto tarda el ómnibus hasta Florianópolis.

—Sale a las nueve de la noche y llega allá alrededor de las tres de la tarde. ¿Uno solo viaja?

—Sí, pero no... Era curiosidad nomás. ¿Y cuánto sale?

—¿Ida sola?

—Sí...

—Tres mil quinientos pesos.

—Gracias.

—A las órdenes.

Salí de la terminal. Me detuve esperando el semáforo. El día hábil sucediendo con todo su movimiento comercial me fue borrando la fantasía brasilera. En un rato abrían los bancos. Crucé una placita con restaurantes y artesanos y olor a porro, y caminé por una diagonal hasta la avenida 18 de Julio. Mi escasa orientación en Montevideo dependía de esa avenida. Si seguía por ahí hasta el fondo llegaba a Ciudad Vieja, era como la médula central de una península, terminaba habiendo costa de ambos lados. Y ubicaba mentalmente Parque Rodó a mi izquierda lejos, Cordón para allá, la casa de Enzo hacia la derecha más adelante en Fernández Crespo, las cuatro plazas, 33, Cagancha, Entrevero, Independencia, el centro, la zona de bancos, La Pasiva, las casas de música, la peatonal. No mucho más que eso. Era mi mapa mental y emocional, porque ni bien doblé, ya en la avenida, sentí esa presencia de una Montevideo imaginada, ensamblada con mis pocos recuerdos y con los videos que me mandaba Guerra cada tanto. Cada quince días más o menos me mandaba algo por mail, para que no me pierda, como las migas de Hansel y Gretel, una canción, un video de «Tiranos Temblad», unas cuadras de su ciudad filmadas por cualquiera con mal pulso pero que me dejaban intuyendo la vida de aquel lado. Ahora por ejemplo doblaba en la avenida y sentía que cualquiera de esas entradas podía ser el bar donde Cabrera y el negro Rada cantan *Te abracé en la noche*. Quinientas veces debo haber visto el video en YouTube, y tarareaba la canción en casa y vos no tenías ni idea de lo que me estaba quemando por dentro. La cámara entra a un bar vacío y están dos tipos cantando esa canción, uno toca la guitarra de la mínima manera posible, una cuerda cada tanto acompaña las voces que se mezclan, «te abracé en la noche, era un abrazo de despedida, te ibas de mi vida». Guerra me mandaba esas cosas y yo quedaba partido, colgado de esa emoción que no se disipaba. Eso era Montevideo para mí. Estaba enamorado de una mujer y enamorado de la ciudad donde ella vivía. Y todo me lo inventé, o casi todo. Una ciudad imaginaria en un país limítrofe. Por ahí caminé, más que por las calles reales.

No hacía frío. Las vidrieras ya exhibían ropa de verano. Una nueva oleada colorinche en las galerías como mercados textiles. Un negocito al lado del otro. En este primer tramo todo estaba en un tono bajo, menor, como si no hubiera habido neoliberalismo, sin glamour capitalista, marquesinas viejas, vidrieras desangeladas que me producían fascinación. Ahí estaba esa casa de repostería tan inquietante. Miré las tortas como de yeso, los merengues petrificados, como si fueran pedidos de los años ochenta todavía sin retirar, parecía increíble que eso realmente se pudiera comer, una torta cancha de fútbol que parecía de cemento armado. ¿No morían los niños después de comer eso? ¿No se atragantarían con enduido y pegamento? El mazapán y esa especie de cerámica moldeable, los decorados rococó, las flores de azúcar dura, las superficies celestes glaseadas, medio grises, las perlas, el colorante permitido... Todo supuestamente apto para el consumo humano.

Faltaba poco para el cumpleaños de Maiko. Mi torta tren había sido un éxito el año anterior entre los compañeritos de jardín. Las mamis que preguntaban cómo la había hecho. Tres budineras largas, cobertura de chocolate, confites y cubanitos. Era fácil. Qué genio, decían. Se me hizo un nudo cuando pensé en la torta de ese año. El festejo. Faltaba poco. En una juguetería vi un dinosaurio de la altura de una persona, pensé que Maiko sabría si era un velocirraptor o qué. Mi hijo. Ese enano borracho. Porque era así a veces, como cuidar un enano borracho que se pone emocional, llora, no le entendés lo que te dice, lo tenés que estar atajando, lo tenés que levantar porque no quiere caminar, hace un desastre en el restorán, tira cosas, grita, se duerme en cualquier lado, lo llevás a la casa, tratás de bañarlo, se cae, se hace un chichón, empuja muebles, se duerme, vomita a las cuatro de la mañana.

Vos sabés que lo adoro a mi hijo. Lo quiero más que a nadie en el mundo. Pero a veces me agota, no tanto él sino mi constante preocupación por él. A veces pienso que no tendría que haber tenido un hijo a esta edad. Es horrendo pensarlo, pero se me llenó la vida con un miedo que antes no tenía, miedo de que me pase algo y se quede huérfano, que le pase algo a él, que te pase algo a vos. Es una nueva fragilidad, un lado vulnerable que no conocía. Quizá a los padres más jóvenes no les pasa. A mí me da terror a veces. Cuando corre hasta la esquina y no lo alcanzo y le pego el grito sin saber si va a frenar. Tendría que haber un curso para criar hijos. Tanto curso de preparto y después nace y cuando llegás a tu casa por primera vez no sabés ni dónde ponerlo. ¿Dónde lo apoyás, en qué parte de la casa va ese viejito mínimo, ese haiku de persona? Nadie te enseña. Nadie te advierte lo duro que es no dormir, renunciar a vos mismo a cada rato, postergarte. Porque no volvés a dormir ocho horas seguidas nunca más, tu banda sonora permanente pasa a ser *La Reina Batata*, para coger tenés que programar con un mes de anticipación un fin de semana sin niños, vas al cine solo a ver películas donde unos peluches hablan en mexicano, y tenés que leer catorce veces por día el librito del rinoceronte. No se perdió el librito del rinoceronte, lo escondí yo en un lugar imposible de encontrar, entre los cuadros sin colgar del placard del pasillo, porque me tenía repodrido. Debe haber quedado ahí hasta la mudanza.

A veces también le tengo miedo a Maiko. Miedo a él. Incuba cada virus que se agarra en el jardín, lo aísla y lo fortalece dentro de su flamante sistema inmunológico y me la pega con toda la furia. Sus gripes me derrumban, me dejan pensando que me voy a morir, sus gastroenteritis me mandan al banco de suplentes una semana entera, la conjuntivitis leve que se agarró me dejó ciego a mí dos meses. Lo veo avanzar con sus mocos, dice papá medio llorando, con esa burbuja de moco que se le hace en un agujerito de la nariz, viene hacia mí, es un estreptococo de noventa centímetros. Mi sangre, mi foquito infeccioso. Me mete jugando los dedos en la boca, la cuchara chupada para jugar a la comidita, me mata. Éramos un mismo cuerpo, porque era uno y trino el monstruo. El cuerpo familiar. Tres organismos fusionados con una misma circulación sanguínea. Por eso el terror a que le pasara algo a cualquiera de los tres, sería como que nos amputaran una parte.

Ahora está más grande Maiko, pero en esa época había momentos en los que yo entraba en estados casi sicóticos, me agarraba la cabeza cuando lloraba y nada lo calmaba. Y la vez que nos pegó los piojos, y el tiempo de los pañales subatómicos, ¿te acordás? Todavía no controla esfínteres, decía el informe del jardín. Mierda por todos lados. Los brazos manchados hasta el codo limpiando. El período de adaptación, pelelas, accidentes sobre la alfombra, en la bañadera. La pura realidad. Y ese superpoder involuntario que tiene para pegarme en las bolas desde ángulos imposibles. En el sillón, en la cama, o jugando a cualquier cosa, estoy en la otra punta y llega exacta la patada, el codazo, el pelotazo que me dobla. A veces hace una pausa antes de patear la pelota, como si calculara todas las variables de trayectoria, balística, gravedad, y después da la patada de puntería perfecta al centro de mi dolor.

Me preocupa sobre todo la parte que no es graciosa. Maiko cuando tuvo convulsiones de fiebre y pensé que se moría en mis brazos. Después los médicos explicando que es muy normal que pase eso, que no es grave. ¿Cómo nadie te advierte una cosa así? Quizá no se puede. Si realmente hicieran un curso integral de cómo criar hijos, nadie los tendría. Hace falta esa ignorancia para que continúe la especie, generaciones de ingenuos que se meten en un baile del que no tienen ni idea. Un curso que anticipe todos los peligros y padecimientos de la paternidad y la maternidad espantaría a todos. Podría estar esponsoreado por alguna marca de preservativos. Salís de ahí y comprás el pack de 120 sin dudarlo.

No entré en la juguetería. Mejor después cuando ya tuviera plata y con más tiempo a la tarde. Pero algo le iba a tener que comprar a Maiko de regalo. Quizá en el freeshop a la vuelta. Y un buen whisky iba a comprar también para festejar. Y un perfume para vos, por bancarme esos meses. Esa era mi decisión más cuerda, más sabia: estar con vos, cuidar nuestra casa, nuestro hijo. De todas maneras uno se entrega a decisiones más oscuras, que se toman con el cuerpo, o que el cuerpo toma por uno, el animal que uno es. Si uno pudiera ver eso bien, pero no se ve, es un punto ciego, más allá del lenguaje, fuera de alcance, y lo raro es que somos eso, en gran medida, somos ese latido que quiere perpetuarse, porque es claro que habíamos decidido dejar de cuidarnos, me acuerdo bien, pero pasaron meses hasta que te quedaste embarazada, ¿cómo decide el cuerpo?, ¿qué cambia? Estoy casi seguro de que te quedaste embarazada después de esa noche en que discutimos en tu depto de Agüero, ¿te acordás? Por un momento pareció que me iba a mi casa y se terminaba ahí. No estoy tan seguro, te dije, y usé la palabra *vértigo*, me da mucho vértigo, y te ofendiste a muerte. Te dolió mi duda, mi freno, te fuiste a la cama llorando. Me quedé un rato en el living, sin saber qué sentir, después te fui a consolar pero pensando que me iba y me dijiste quedate hoy y mañana te vas, y dormimos juntos y en algún momento de la noche cogimos de una manera distinta, en una especie de lucha de animales que se vienen cayendo en picada en la oscuridad, y ahí me acuerdo del vértigo, de entregarme a ese vértigo cuando acabé adentro tuyo, una entrega liberadora, un arrojo total y que decidan las fuerzas desconocidas, los impulsos, las voluntades fluviales, las células, los bichos, la fauna del misterio, un dinosaurio naranja en una juguetería.

Pasé frente a unos colegios (liceos dicen allá), estaban terminando el turno mañana. Los chicos salían, se despedían a los gritos. De un lado de la calle al otro, uno le gritó al amigo con voz de superhéroe: ¡Que nada te detenga! Yo sabía de dónde venía esa frase. Sabía que era un latiguillo de «Tiranos temblad» y me reí porque entendí el chiste y porque me sentí dentro del entretejido de alusiones y sucesos. Por esos años «Tiranos temblad» era un éxito viral. Cada quince días un tipo editaba, con una voz en off tranquila y bonachona, videos que había subido la gente en Uruguay en esas semanas. Cosas mínimas, intrascendentes: unos chicos que sacan un pájaro que se les metió en la casa, por ejemplo, una nena que anda por primera vez en bicicleta, un tipo que arma un compresor con una heladera... El resultado era una mezcla de ternura, sorpresa, uruguayismo, ingenio tercermundista, revelación antropológica. Un tal Peteca, gordo y con una sonrisa sin dientes, cada tanto aparecía repitiendo la frase «Que nada te detenga». Y siempre el video cerraba diciendo: «Por eso gracias, YouTube, por todo lo que nos das». YouTube como una divinidad proveedora de la abundancia de experiencias, intimidades y detalles humanos. El tono menor, inofensivo, contrastaba con el nombre, que es una frase del himno nacional: «De este don sacrosanto la gloria / merecimos. ¡Tiranos temblad!».

La caminata me dio calor pero preferí dejarme la campera puesta porque en el banco iba a guardar la plata en el bolsillo interno con cierre. Pasé frente a unas galerías un poco temibles, el pasillo con locales se hundía en la penumbra. Frente a una me dieron un volante que decía «Tattoo, tribales, góticos, excelencia, normas de higiene, piercings, perforaciones genitales». De nuevo mi constelación asociativa prendida fuego. El enamorado es como el paranoico, cree que todo le habla a él. Las canciones de la radio, las películas, el horóscopo, los volantes de la calle... El piercing de Guerra. En algún momento ella había ido a un local al fondo de una galería y con las piernas abiertas en una camilla le habían hecho, como decía ese papelito gris, una perforación genital. ¿Un tatuador amigo? ¿De confianza? ¿Con anestesia? ¿Le dolió? En ninguna de las idas y vueltas por mail habíamos tocado ese tema. Me guardé el volante en el bolsillo de la campera. Lo podría haber tirado en cualquier tacho de basura en lugar de guardarlo y quizá no hubiera pasado lo que pasó. Pero lo guardé porque algo me interesó en el lenguaje, una oscilación entre el voseo y el tú, decía algo así como: «Elegí tú mismo el dibujo».

Después de la plaza de los 33 Orientales la avenida hacía una curva. ¿Quién sería ese prócer a caballo? Y después estaba el edificio grande, de la Intendencia con una réplica del *David* en la explanada. La avenida doble mano, taxis blancos, colectivos, Ancap evolucionando para usted, farmacias, casas de cambio, préstamos en efectivo, calefones Orión primero con tanque de cobre virgen, casas de lotería, Magic Center, Motociclo, ópticas, La Hora Exacta. No sé en qué orden vi esas cosas pero miraba absorbiendo todo como si fuera el último día de mi vida. Expo Yi, la fuente de los candados del amor, La Papoñita donde me había tomado una vez un café con Enzo, puestos en la calle, ropa, cinturones, maní, garrapiñada, bolsos, carteras, los árboles con hojas nuevas, unos tipos jugando al ajedrez sobre unos cajones y otros mirando, entre ellos un barrendero tomándose un descanso apoyado en la escoba, galerías Delondon, una combi con altoparlantes, acercate a nuestro local, recargá tu celular, revistas argentinas en los quioscos, ruido de tráfico pero pocas bocinas, Parisien, Indian, Galería 18. Se me mezcla todo en la cabeza aunque mire las calles en el mapa, porque unas horas después hicimos con Guerra esas cuadras por la otra vereda, en el sentido contrario y totalmente borrachos.

4

En el banco no había mucha gente. Me puse en la fila de las cajas. Arriba contra la pared había un televisor encendido para apaciguar la ansiedad de los clientes. En un programa de deportes estaban entrevistando a Luis Suárez. No se oía bien porque tenía el volumen bajo pero pasaban algunos de sus goles en el Liverpool y en el Barça. Golazos con empaque de toro bravo, indetenible, y con esa cualidad rara para penetrar la materia atravesando al medio a los rivales, el doble caño al brasilero con cara de ángel David Luiz, unos goles viniendo del fondo a toda velocidad, desmaterializando defensores, sin esa diagonal imposible de los goles de Messi, más encarado al arco y con una patada poderosa. Dejaban la carita de Suárez en un rincón de la pantalla mientras veía sus propios goles. Se reía con sus dientes enormes y achinando los ojos.

Su último contrato con el Barcelona había sido por cien millones de dólares. Y yo ahora contento a punto de retirar mis quince mil. Qué perejil. No podía esperar a sentir en mis manos los billetes nuevitos y crocantes. Repasé mis cuentas. Ocho mil dólares de España y siete mil de los colombianos. Al cambio del mercado negro argentino de esos días eran como doscientos cuarenta mil pesos. De haberlo recibido en un banco nacional me quedaba menos de la mitad. Era la época del dólar blue, el dólar soja, el dólar turista, el dólar ladrillo, el dólar oficial, el dólar futuro... No sé cuántos tipos de valores del dólar andaban dando vueltas. Nadie sabía bien cuánto valían las cosas. El peso se devaluaba, había inflación. Y empezaron los controles de cambio. Como si en pleno verano te pagaran en hielo y prohibieran las heladeras. Todos buscando dólares desesperadamente. Se desdobló el mercado, entre el oficial y el paralelo, en medio aparecieron las cuevas, los intermediarios, los amigos de los primos. La vez que me trataron de robar cuando había ido al centro a cambiar, lo llamé después al contacto en la cueva. Le dije: me siguieron, me rompieron el vidrio del auto, me quisieron robar. Yo pongo las manos en el fuego por ellos, me dijo, son mis amigos de rugby. ¿Como los Puccio?, le pregunté. No se rio. Pero creo que fueron los del estacionamiento que ya sabían dónde estaban las cuevas y te marcaban. Una situación medieval, en el siglo XXI, tiempos de transferencias electrónicas y dinero virtual, y uno buscando unos papeles impresos del otro lado del río, escondiéndolos, buscando una alternativa, tratando de zafar de las medidas, de las consecuencias laterales de las decisiones del Estado, encontrando esa fisura por donde poder pasar.

Tenía una idea vaga de lo que iba a hacer con la plata. Primero quería tenerla en la mano. Después se correría la niebla para poder ver claro. Pero así en el aire pensaba en pagarte a vos, pagar las cuentas atrasadas, hacer arreglos en casa, devolverle la plata a mi hermano, conseguir una niñera para que viniera a la tarde y después sentarme a trabajar. Nueve meses o diez quizá de trabajar tranquilo, con la puerta cerrada, sin interrupciones. La novela para la editorial española y las crónicas para Colombia. Debía dos libros. Las crónicas ya estaban casi terminadas, tenía que encontrarle una estructura, darle un orden. La novela era el asunto. Diez meses para escribir una novela. No estaba mal. Esa iba a ser mi gran novela. La intuía. Un tipo que se iba, dejaba a la mujer y a los hijos y se perdía en Brasil, se convertía en otro. Iba a tener momentos en portuñol, y mucho juego de palabras, mucha pólvora verbal, iba a reventar el castellano para abrirlo como un árbol en todas las direcciones, iban a pasar mil cosas, en la playa, en Brasilia, en el Amazonas, mucho sexo, y lanchas por grandes ríos y contrabando, drogas, chamanes, balazos, bailongos, cuentos dentro de cuentos, ese iba a ser mi *Ulises*, mi *Gran Sertón*, mi novela total.

Faltaban tres personas y ya era mi turno en las cajas. El guardia de seguridad se paseaba lento por el banco con paso medio ausente. Seguía Suárez en el programa de televisión. Había otro tipo que no sé si no era el Loco Abreu, el que picó un penal en el Mundial 2010 contra Ghana. No puede ser tan loco de picar el penal, pensaron todos, y el tipo fue, tranquilo, más allá de los nervios planetarios, miró la pelota, tomó mucha carrera, se acercó con zancadas largas y cuando parecía que la iba a reventar la picó, un sombrerito sobre la nada, una parábola del efecto demoledor de la lentitud, un elogio de la locura, y la pelota entró despacio, riéndose de los cañonazos histéricos, humillando al arquero que se tiró para el otro lado. Gran ovación. Uruguay entró en semifinales. Me intrigaba qué estaría diciendo Abreu. Todos en la fila mirábamos la pantalla. En algún momento, sin darnos cuenta, los humanos nos volvimos Rain Man. No podemos vivir sin una pantalla. Yo ya no voy al baño sin celular. Es el terror al silencio. Uno se va sumando por costumbre. Cada uno con su mini TV en la mano. Y como en el banco no se puede usar el celular, entonces hay pantalla en la pared. Ahora pasaban un video de archivo que habían encontrado donde se lo veía a Suárez a los diez años, más o menos, en un programa de juegos infantiles, tenía que atravesar unos obstáculos, tirarse por toboganes, trepar. Ya se le notaba ese empaque desesperado y competitivo. A eso le sumó destreza.

¿Cuál era *mi* destreza? ¿Combinar palabras? ¿Armar frases elocuentes y expresivas? ¿Qué sabía hacer yo al fin y al cabo? Cada vez que gané guita en mi vida, ¿fue a cambio de qué? Juntar palabras en una hoja no me había dado mucha plata. Enseñar, un poco más, quizá. Mis clases en la facultad, mis cursos de redacción, mis talleres. El truco en los talleres era no intervenir demasiado, contagiar entusiasmo literario, dejar que la gente se equivoque y se dé cuenta sola, alentar, guiar, dejar que el grupo se mueva por su cuenta, que cada uno encuentre eso que está buscando y se conozca mejor. Algo así. Por eso me pagaban en instituciones y universidades. Pero ahora era distinto, ahora me estaban dando plata para que me sentara a escribir. Les quedaba debiendo. Y la deuda era algo invisible que estaba oculto en mi cerebro. Una sucesión de imágenes relatadas que debían salir de mi imaginación. Aquello con lo que yo tenía que pagar no existía, no estaba en ningún lado. Había que inventarlo. Mi moneda de cambio eran una serie de conexiones neuronales que irían produciendo un sueño diurno, verbal. ¿Y si no funcionaba esa máquina narrativa?

La plata, los billetes. Cuando yo era chico mamá me daba «un rojo y un azul» para el quiosco del recreo del colegio. Yo no sabía cuánto era eso. Los billetes tenían colores, no números. Caras antiguas, filigranas. Desde esa época en los setenta hasta ahora, San Martín vio pasar trece ceros por el rabillo de su ojo. ¿Y yo cuánta plata le habré costado a mi padre? Desde mi nacimiento en el sanatorio de la prepaga hasta las últimas veces que le pedí un préstamo, poco antes de su muerte. Desde que aparecí en el mundo fui un derroche de billetes: casa, comida, clubes, colegio inglés, uniformes, ortodoncia, vacaciones en la playa, semanas de esquí, viajes a Europa, regalos, un caballo, universidad privada, nafta, chapa y pintura de varios choques, gran parte de nuestro departamento de Coronel Díaz.

Toda esa plata que me había formado me había hecho pertenecer a un grupo social, una serie de amigos, una manera de hablar, y eso era curioso: la plata había formado mi lengua. Una vez le robaron a mi hermana dos chorros en un taxi y, cuando ella los puteó, uno le dijo al otro: ¿Viste cómo le suena el billete cuando habla? Ese salteado de las consonantes adecuadas: coacola por coca cola, caallo por caballo, ivertido por divertido, too ien por todo bien, neecito por necesito... Los infinitos códigos de clase. Y el precio de mi anglicismo, ¿cuánto había costado formatear esa parte de mi cerebro en otro idioma? Ese sueño que tuve una vez, de un tipo que gritaba en el cuarto de al lado y cuando yo preguntaba qué le estaban haciendo me decían: Le están extirpando la lengua inglesa.

La plata estaba en mi infancia, me rodeaba, me recubría con buena ropa, cuadras de un barrio seguro en Capital, alambrados de fin de semana, cercos de clubes, ligustros bien podados, barreras que se levantaban a mi paso. Y yo después me había dado el lujo de hacerme el descarriado, el artista sin empuje empresarial, el bohemio. Era un lujo más. El hijo sensible de la alta burguesía. Pero el precio de mi bohemia se empezaba a pagar ahora. Era a largo plazo. Un resbalar gradual: un cambio de barrio sutilmente justificado, el hijo que no conocería la nieve, ni Europa, ni Disney y habría que cambiarlo de colegio cuando la cuota se volviera inaccesible y el día de mañana lo iban a ningunear en sus primeros trabajos, pertenecería pero no, estaría semiinvitado, siempre de vacaciones en piletas ajenas y heredando el auto destartalado que debería seguir andando. Yo a los veinticinco tuve que aprender a limpiar mi propia casa, pasar la aspiradora, lavar los baños con Cif, meter ropa a lavar, colgarla, cocinar dos veces por día, lavar los platos antes de irme a dormir. Vivir mi vida. ¿Eso había sido bueno o malo? Ahora a los cuarenta y cuatro era malo, definitivamente pésimo. Así lo sentía. Estaba cansado, quería tener mucama, por hora, o al menos niñera parte del día para poder encerrarme y tener un rato libre para escribir o al menos simular que escribía. Quería estar solo y creía que la soledad costaba mucha plata, implicaba mucamas haciendo las cosas que yo no quería hacer. Me sentía el pobre entre los ricos, el mendigo de los countries, el colado por un rato en la guita de los otros. Quería mis dólares ya. Escribir escuchando que alguien pasa la aspiradora en algún cuarto de la casa, y no ser yo. Eso me parecía un lujo. Quién hubiera dicho, cuando en la adolescencia dormía hasta tarde y la mucama pasaba la aspiradora por el pasillo afuera de mi cuarto y me golpeaba la puerta con el tubo, muchos despertares así, eran las aspiradoras que me estaban llamando, ya vas a ver, Luqui, ya vamos a entrar en tu vida, ya nos vas a conocer. Turbinas de aspiradoras sonando a todo volumen como una premonición.

El próximo en la fila era yo. Me aseguré de tener el pasaporte en el bolsillo. Era la una de la tarde. Estaba a un patito de la fila para llegar a la meta, una mujer de saco violeta hablaba con la cajera, se conocían, se oía todo. Me fijé quién estaba detrás de mí. Un tipo de unos cincuenta años. Y más atrás había más gente. Iba a tratar de no hablar fuerte para que no se escuchara mi pedido. No había mampara para aislar la actividad de la caja. En Argentina habían obligado a los bancos a cubrir el área de las cajas para que no se supiera cuánta plata retiraba la gente. Eso fue después de que balearon a una embarazada que salió del banco con la plata para una operación inmobiliaria. No me acuerdo cómo se llamaba. Culparon al banco, el cajero estuvo sospechado... Fue la más impresionante de una sucesión de salideras violentas y los bancos terminaron poniendo esas mamparas que tapaban las cajas. Acá estaba medio expuesto.

Se fue la señora de saco violeta.

—¿Quién sigue? —dijo la cajera.

Me acerqué y le hablé medio agachado a través de la abertura por donde se pasaba la plata.

—Quería retirar quince mil dólares —dije bajito, pasando el pasaporte.

—Hábleme por acá —me dijo señalando una especie de parlante redondo justo frente a su cara.

Repetí mi frase lo más bajo posible.

—¿Quince mil? —preguntó y sonó fuerte.

Asentí con la cabeza. Miró mi pasaporte, buscó algo en la computadora. Salió de la caja, habló con un empleado en uno de los boxes. Me miraron. El empleado le dijo algo. La cajera volvió:

—Normalmente los retiros por más de diez mil dólares se hacen en casa central, salvo que avise con anterioridad a la sucursal. Pero vamos a hacer una excepción, ¿sabe?

—Ah, no sabía eso, gracias.

Me hizo firmar el recibo, verificó mi firma, volvió a salir de la caja. Fue hacia el fondo, se perdió tras una puerta. Demasiada actividad. Reapareció con un fajo, lo metió en la contadora eléctrica de billetes. La máquina hizo un ruido horrendo y delator. Envolvió el fajo en una gomita y cuando me lo estaba por dar, le dije:

—¿Me puede cambiar a uruguayos quinientos dólares?

—Sí, claro.

Me los cambió, me dio los pesos que guardé en el bolsillo del pantalón y me dio el fajo de dólares que guardé en el bolsillo interno de la campera. Me subí el cierre, dije muchas gracias, pegué la vuelta y salí del banco sin mirar a nadie a los ojos.

Listo. Estaba cargado. Pensé en Guerra. Fue lo primero que pensé. Una suma de posibilidades en ese fajo que sentía contra el corazón. Una especie de apertura en todas las direcciones posibles. Dueño del tiempo. Era mío el tiempo. Casi un año entero en el bolsillo. Podía hacer lo que quisiera. Por eso pensé en Guerra. Y esa potencia venía también con el miedo. El miedo de la presa en la selva. La paranoia me pisaba los talones. Apreté el paso, corté en diagonal por la plaza del Entrevero, crucé mal la avenida por la mitad de la cuadra entre los autos y me metí en La Pasiva.

Había mucha gente por la hora de almuerzo. Encontré una mesa vacía contra la pared y me senté ahí, casi al fondo, mirando hacia la puerta. Vi tu mensaje en el celular: «¿Cómo vas?». Te escribí: «Ya está», pero tardé en enviarlo. En un momento lo borré, después lo volví a escribir y te lo mandé. La batería estaba por la mitad. Busqué un toma para enchufar el cargador, pero era para dos patitas redondas y mi cargador era de tres planas. No tenía adaptador. Se me acercó un mozo de chaleco negro, muy peinado, medio parecido a Zitarrosa:

—Patrón —me dijo, así, sin interrogación.

—Un liso de Pilsen le pido.

Esperé. Con Guerra me iba a encontrar en otro lugar, por la rambla. Ahí estaba haciendo tiempo, mezclado entre la gente en un lugar seguro. Me pregunté si era más seguro salir del banco y meterme en un restorán, o deambular por la calle, metiéndome en algún edificio cada tanto, algún hotel, para despistar. El mozo me trajo la pinta de cerveza.

—Gracias.

—Merece —me dijo.

Yo evaluaba la cara de cada tipo que entraba. Me imaginé que entraba uno, se acercaba hasta mi mesa, me decía por lo bajo «dame la plata y no pasa nada» abriéndose apenas el saco para mostrarme el arma, y yo se la daba sin pestañear, y el tipo salía y era el atraco perfecto. Tomé dos tragos de cerveza. Agarré mi mochila y fui al baño.

Entré en uno de los cubículos de los inodoros pero no tenía traba, me metí en otro y tampoco. Tenían la traba pateada. Le di la espalda a la puerta para que no se abriera y saqué de la mochila el cinturón de viajero para la plata. Guardé rápido el fajo dentro con el cierre y me lo puse alrededor de la cintura. Me desabroché el pantalón. El fajo me quedaba contra el pubis. Ajusté el elástico y cerré encima el pantalón. Quedé como una mula que trata de pasar droga por la frontera. Me miré, me alisé la ropa. Parecía un poco de panza, pero con el suéter y la remera suelta no se notaba. Era más seguro que andar con la plata en la campera.

Cuando salí del baño y volví a la mesa noté que el

cinturón era medio incómodo. Al estar sentado se me clavaba el fajo contra los muslos. De todas formas me quedé así, ya se iría acomodando todo, ya me iba a acostumbrar. Sonaban unos temas ochentosos en la radio del restorán: Guns & Roses, Eagles y una canción que siempre me pareció horrible que dice algo de *Toy soldier* que no sé de quién es y que me hace acordar a una novia que tuve en el colegio, que la escuchaba a repetición. Miré el menú. Todo me daba hambre, los chivitos especiales, el chajá de postre. En el logo un niño rubio se comía un pancho gigante, sentado sobre un barril que decía La Pasiva. Siempre me causó gracia esa imagen. ¿Nadie habría abierto una cadena de restoranes en Montevideo que se llamara La Activa? La cerveza me fue mejorando el humor, me relajó. Vacié el vaso con un par de tragos largos. Todos los males del mundo se habían terminado. Llamé al mozo, pagué y salí a la calle.

5

Estaba jugado. Felizmente, digo. Lo sentí cuando me dio el sol en la cara. Había tomado los recaudos necesarios. Ahora no tenía más que entregarme al movimiento del día. Me relajé y disfruté la caminata. Iba al encuentro de una mujer. No hay nada más lindo que eso. Era un día azul de septiembre todo alrededor.

Llegué a plaza Independencia, el monumento a Artigas proyectaba apenas una sombra. Había una pareja de brasileros desorientados, mirando un mapa. Me pareció haberlos visto en el buque. El hombre, musculoso, medio café con leche, gorrita con visera; la mujer con peluquería reciente, muslos fuertes, jeans ajustados, aros grandes. Señalaban hacia arriba algo detrás de mí cuando pasé por al lado. Caminé unos pasos más y me di vuelta. Ahí estaba el Palacio Salvo. Gigante. Guerra me había mandado un link al disco solista del cantante de Blur que tenía en la tapa una foto de ese edificio antiguo, medio art déco y medio gótico. Hay uno gemelo en avenida de Mayo en Buenos Aires, el Barolo. Tienen los dos una torre con un faro. En algún momento esos dos faros se mandaban señales entre ambas ciudades, eran como un portal de entrada al Río de la Plata. Ahí estaba, imponente. Pero en la tapa del disco se veía desde otro ángulo. Como desde arriba, desde un edificio más alto. Miré alrededor. Probablemente habían sacado la foto desde un piso alto de esa torre, el hotel Radisson. Así fue la carambola instantánea de asociaciones: miré a los brasileros que miraban el edificio que estaba ahí y era idéntico al de la foto sacada desde el Radisson para la tapa de un disco que me mandó Guerra. Con esos rebotes mi cabeza subió hasta un piso alto. Y trepó mi deseo. Podía hacerlo. ¿Por qué no? Crucé la calle y entré en el hotel.

Había poca gente en el lobby. Piso de mármol, sillones de cuero, techo alto, superficies lisas, el espacio vacío del lujo, el aire internacional. En recepción me atendió un tipo joven que me vio medio vacilante:

—¿En qué lo puedo servir, señor?

—Buenas tardes, quería saber cuánto sale una habitación, en el piso... ¿Cuántos pisos son?

—Hay habitaciones hasta el piso 24.

—En el piso 20, con vista a la plaza ¿cuánto sale?

—¿Una cama doble?

—Sí.

—Doscientos cuarenta dólares la noche.

Lo miré, pensé que iba a ser más caro. Pensé que el valor demasiado alto iba a decidir por mí, dejándome fuera de esa posibilidad.

—Perfecto, quiero una habitación —dije.

—¿Una sola persona?

—Sí.

—Me permite una tarjeta de crédito.

—¿Si lo pago ahora mismo en efectivo necesita tarjeta?

—No, si lo paga ahora no.

Me costó sacar la plata del cinturón. Hice unas maniobras sospechosas. El tipo me miraba, no veía qué hacía yo con las manos del otro lado del mostrador, tratando de aflojarme el pantalón. Debe haberle parecido que estaba por mear ahí mismo. Le di mi pasaporte y le pagué con trescientos dólares.

Subí hasta la habitación 262. Me gustaba el número. Abrí la puerta. Dejé la mochila sobre la cama y descorrí la cortina. ¡La vista desde esa altura! La torre extraña del Palacio Salvo, el horizonte del río al fondo. Estaba viviendo mi vida. Basta de sublimar con la literatura, inventando historias. Quería vivir la mía. Ver y palpar. Entrar en la realidad. Entrar en Guerra. En guerra contra mi puta fantasía, mi eterno mundo invisible. Me senté en la cama. Probé si rebotaba bien. Quería abrazarla desnuda ahí, su cuerpo real conmigo. Esa era la cama donde pasaría por fin del pensamiento al acto. Vos ya lo habías hecho, pasabas al otro lado del espejo cada tanto, traías de vuelta olores, humores, opiniones, risas, ecos de una intimidad que yo no conocía; después soñabas sola a mi lado. Yo también soñaba solo. En ese momento, ahí sentado en ese cuarto vacío, era una especie de director buscando locaciones para una película que nunca iba a filmar.

No dejé nada en el cuarto, salvo una biografía enorme de Rimbaud, de seiscientas páginas, que había llevado para terminar de leer y ni había abierto en todo el viaje. Me pesaba en la mochila. Quedó sobre la mesa de luz. Fui al baño, hice un pis largo y espumoso. Con los nervios de la plata no me había dado cuenta de las ganas. Me lavé las manos y la cara. Me miré al espejo. Me peiné un poco el pelo aplastado por las horas de ómnibus. Ahí estaba mi cara; como siempre me sentí medio irreal. Dije: Vamos Pereyra. Antes de salir del cuarto, le saqué una foto a la ventana. Eran las dos menos diez.

Crucé la plaza y bajé por la calle detrás del Teatro Solís. Una calle ancha que va hacia la rambla. Otra vez un pedazo del horizonte morado del río abierto. Tuve la intuición de un poema, pero no lo anoté ni me acuerdo qué pretendía decir. Quizá era puro entusiasmo de la cerveza, nervios anticipatorios. Pero andaba con el espíritu diáfano intuyendo un poema celeste, atmosférico, con la resolana íntima de una Montevideo medio desierta. Me acordé de ese poema de Borges sobre Montevideo donde habla de la piedad de un declive. «Mi corazón resbala por la tarde como el cansancio por la piedad de un declive». Después lo corrigió y puso: «Resbalo por tu tarde como el cansancio...». Se ve que un corazón que resbala le pareció demasiado, una imagen casi de carnicería, de bolero (de hecho *corazón* es una de las palabras que más tachó en sus correcciones). Está bien esa segunda persona íntima, al comienzo, le habla casi en secreto a la ciudad: resbalo por tu tarde. Y también tachó dos versos enteros. El primero decía: «Eres remansada y clara en la tarde como el recuerdo de una lisa amistad». Algo le hizo ruido, la repetición de *tarde*, los dos adjetivos medio rebuscados: *remansada*, *lisa*. Y el otro que sacó decía: «El cariño brota en tus piedras como un pastito humilde». Le habrá parecido medio sentimental, quizá, con ese diminutivo. Pero el poema me gustaba. Habla de la capital uruguaya como una Buenos Aires del pasado. «Eres nuestra y fiestera, como la estrella que duplican las aguas», dice. *Fiestera*, aunque hoy día se enrareció porque se cargó de erotismo, sigue siendo buena palabra. Está el candombe ahí. Y el aire duplicado de Montevideo; igual pero distinta, moviéndose en el reflejo. Después habla del amanecer, del sol que sale sobre las aguas turbias. Y termina con el verso: «Calles con luz de patio». Un verso simple, breve, efectivo después de los versos largos, que capta un aire amable y familiar de casas bajas, una hospitalidad de esa Montevideo idealizada. Yo en algún momento de ese año, imantado por el enamoramiento a distancia, me había aprendido el poema de memoria y mientras lo hacía había encontrado la diferencia entre las dos versiones.

Vi de lejos el bodegón de Santa Catalina con su toldo amarillo. Pasé junto a una construcción a medio demoler, con las paredes grafiteadas, crucé la calle y entré. Había un par de clientes almorzando. Guerra todavía no estaba. Saludé y me senté afuera en una mesa, mirando hacia el lado en que ella iba a venir caminando. Decían que a veces el presidente Mujica iba a comer ahí. Quedaba cerca del edificio del poder ejecutivo y era un lugar acorde con su estilo sencillo y popular: un bodegón antiguo sin pretensiones, con sillas de aluminio en la vereda y comida honesta. Se estaba bien a la sombra del toldo, Cata, en ese bar con el nombre de tu santa, esperando a una mujer a la que había visto dos veces en mi vida. La primera vez en enero y la segunda en ese mismo bar, en marzo.

Se me acercó desde adentro un hombre mayor. Esta vez arranqué yo:

—¿Cómo va eso, patrón?

—Todo en orden acá. ¿Y usted? —preguntó pasando el trapo por la mesa limpia.

—Excelente. Está lindo para tomarse una cerveza.

—¿Cuál le traigo?

—Una Pilsen de litro y dos vasos.

—¿Espera a alguien?

—Una dama.

—Impecable. ¿Van a comer?

—Creo que sí.

—Mejor todavía —dijo y se fue para adentro.

La última vez, cuando viajé para abrir la cuenta de banco, nos habíamos tomado varias cervezas con Guerra en esa misma mesa. Yo le conté mi microplán económico, le dije que iba a viajar varias veces al año a buscar plata, que nos íbamos a poder ver cada vez. Me mantuvo a raya en mis avances. Me decía: Hay muchos ojos en Montevideo. Se reía. Esa vez volví hasta Colonia en el ómnibus que salía temprano de Tres Cruces, así que solo pudimos vernos un rato. No nos dimos ni un beso. Pero hablamos mucho. Me contó que estaba viviendo con su novio en el barrio Nuevo París, que seguía en el diario, que iba y volvía en bicicleta. Me habló de la enfermedad de su madre, un cáncer de médula que se la llevó muy rápido. Estaba peleada con su padre y tenía un hermano viviendo en Estados Unidos. Esa vez le llevé un libro de regalo, pero no mío: los diarios de Herzog durante la filmación de *Fitzcarraldo*. Me dijo que había buscado mis libros en Montevideo pero no había encontrado nada. Había leído un par de cosas mías on line y me dijo que le habían gustado. No me acuerdo qué más hablamos. Sé que le prometí que iba a volver pronto y no cumplí porque recién ahora había vuelto, medio año después.

Apareció del otro lado de la calle una mujer embarazada, con gran panza redonda. ¿Era Guerra? Se parecía. Se acercó, pero cruzó en diagonal, y cuando la vi mejor supe que no era ella. Siguió de largo, pero el corazón me siguió corcoveando un rato como esquivando la puñalada. Por un momento pensé que aparecía así, con gran bombo. Era posible. Aunque quizá me hubiera contado algo por mail. Me imaginé que venía embarazada, que íbamos a pasear, a tomar un helado, sentándonos cada tanto para que descansara. La acompañaba a ver ropa de bebé. Mío no podía ser el hijo, de eso estaba seguro. Me imaginé que así embarazada ella quería coger de todas formas; íbamos al cuarto del hotel. Me hice toda una película muy tierna de ella desnuda con su panza, hermosa, las tetas más grandes. Me excité. Y eso que no tengo ningún morbo con las embarazadas en general, pero de pronto me pareció que hubiera podido estar con ella así. Vos durante el embarazo también estabas hermosa.

El hombre me trajo la cerveza, se puso el trapo al hombro, fue hasta el cordón de la vereda para salir de la sombra del toldo y se quedó mirando el cielo para el lado de la rambla. Me pareció que quería hablar.

—¿Vendrá el presidente hoy?

—Hace rato que no viene el Pepe.

Llené mi vaso. El tipo seguía mirando en la misma dirección como buscando algo lejos.

—¿Viene tormenta? —le pregunté.

—No, tormenta no. Los extraterrestres —dijo sonriendo.

—¿Ah, sí?

—Ayer apareció una luz allá, sobre el río.

—¿Un ovni?

—Qué sé yo qué sería. Brillaba, era como un rombo, así.

Me sugirió con las manos una forma que no terminé de entender. No estaba seguro de si no me estaría tomando el pelo. Pregunté con desconfianza:

—¿Se movía?

—No, estaba quieta. Una luz rosada. Se veía clarito. Debe haber estado como a cuatro o cinco kilómetros. Grande era.

—Y... a veces aparecen cosas raras —dije.

—Yo nunca había visto algo así.

Me pareció que el tipo estaba hablando en serio.

—La vieron todos acá, pero ni en la televisión ni en los diarios dijeron nada.

—¿Se asustaron?

—¡No! Fue más la sorpresa. Nos quedamos todos mirando y de repente así como apareció se borró.

—¿No habían tomado nada raro?

—Agua nomás —dijo sin reírse.

—Capaz que era la Virgen.

—No, si ninguno acá somos religiosos.

—No hace falta creer —le dije—. Además, ¿la Virgen y los extraterrestres no serían la misma cosa?

—Ya tanto no sé —me contestó.

No quería teorizar. Yo tampoco.

Le pregunté cuántos años tenía el bar, quién cocinaba, cuál era la especialidad, qué me recomendaba. Cordero al horno con papas y boñatos, ravioles con tuco, cazuelas... Todo me daba hambre.

—Ahora, cuando venga la dama, pedimos.

—Muy bien —dijo yéndose hacia adentro.

—Si aparece algo en el cielo, le aviso.

—Estamos.

Eran las dos y cuarto y Guerra no venía. Pensé en la posibilidad de que no apareciera. Hubo una parte de mí que casi prefirió que pasara eso. Así podía irme, con un aura de abandonado pero no rechazado, libre de la humillación, casi vencedor, porque se declaraba desierto el encuentro. Podía decirme a mí mismo: ella no se presentó. No acudió a la cita. Y eso evitaba que me metiera en problemas. Me dejaba libre de la trampa y la mentira. Y podía quedarme de este lado. No cruzar límites sin retorno. Era una manera de no hacerme cargo, supongo. Un buen truco para no decidir yo sino las partículas elementales del devenir caótico. Me latía fuerte el corazón. Todavía estaba a tiempo de rajar. Por un momento lo pensé. Levantarme, pagar y salir sin mirar atrás, irme por la rambla, pasear y hacer tiempo hasta verlo a Enzo a la tarde. Un corte limpio. Unas disculpas después por mail. Y estar tranquilo, solo, pensar en mis cosas, enfocarme en la novela, sentarme en algún otro bar de 18 de Julio... De pronto me dio pánico el encuentro. ¿De qué iba a hablar? ¿Cómo la iba a convencer de venir conmigo al hotel? Estaba medio cansado, tenía hambre. Bajo de energía. ¿Y si ella aceptaba ir al hotel y a mí no se me paraba de los nervios y el cansancio y la demasiada expectativa? ¿Y si venía el novio en lugar de ella a cagarme a trompadas? O quizá venía a hablarme. ¿Vos sos Lucas Pereyra? A mi amigo Ramón una vez le pasó eso. Se había citado frente a un telo con una mina que estaba de novia. Ya se habían visto dos o tres veces. De pronto cuando la está esperando aparece un tipo y le dice ¿Vos sos Ramón? Sí. Yo soy el novio de Laura. Quedate tranquilo que no te voy a pegar. Pero si la volvés a buscar a Laura yo te voy a tener que matar. ¿Estamos? Estamos, le dijo Ramón y el tipo se fue. Me contó que no era muy grandote pero tenía una actitud decidida y controlada que lo aterró. Por supuesto no la vio a la mina nunca más, ni le contó el episodio. Me imaginé que si se enteraba el novio de Guerra —ese tipo que vi en Valizas cuando ella se bajó de la combi— estaría menos dispuesto al diálogo. Igual no había hecho nada, la había citado ahí a almorzar. Hasta ahora venía de lo más inocente todo.

En el rabillo del ojo vi el perro con bozal y alguien me apretó fuerte la nuca con dos dedos. Pegué un salto y moví la mesa y volqué mi vaso de cerveza que por suerte estaba casi vacío. Era Guerra que había venido de la rambla, con el perro. Estaba distinta, casi irreconocible.

—Hola, lindo, no te asustes —me dijo al oído abrazándome—. Voy al baño, teneme.

Me dio la correa del perro, enderezó el vaso y desapareció dentro del bar. El pantallazo de su espalda, la manzana azul de su culo con jeans. Todo eso pasó en cinco segundos. Un terremoto. Quedé ahí parado sosteniendo la correa. El perro me miró como avergonzado. El bozal parecía más un castigo que una prevención. Era un pitbull negro con una mancha blanca en el pecho. Un pitbull tímido. Los dos incómodos con ese encuentro forzoso. Me volvió a mirar, bajó los ojos y se sentó. Entonces yo también me senté.

6

No podemos entrar al hotel con el perro. Fue lo primero que pensé. Y menos con ese perro. Años y años de manipulación genética lo habían empujado a ser lo que era: un perro mandíbula, violento, amontonado, una maza compacta de mordiscos letales, un demonio de Tasmania con la cabeza enorme y cuadrada. El bozal anulaba su esencia. Era Tyson esposado. Cada tanto me miraba de reojo.

¿Quién quería tener un perro así? ¿Qué hueco afectivo emocional venía a llenar semejante monstruo en una casa? ¿Era metáfora de qué? ¿Prolongación de qué? ¿Doble animal, nahual, de quién? ¿Por qué carajo me traía esta mina a su novio convertido en perro y me dejaba cuidándolo un ratito? ¿O me estaba vigilando el perro a mí? Serví cerveza en los dos vasos. Y apareció Guerra. Qué guapa que era, Dios mío.

—Estás más flaco, Pereyra —dijo sentándose.

—Y vos estás distinta. El peinado, ¿no?

—Me saqué el cerquillo.

—¿El qué? ¿El flequillo?

—Cerquillo se dice acá.

—Te queda bien. Estás como más...

—¿Más qué?

—Menos nena.

—¿Me hace vieja?

—No, te hace como más mujer. Menos nenita. Te queda muy bien.

Nos miramos un instante sin decir nada, sonriéndonos.

—¿Querés pasármelo a Cuco? —me dijo.

—¿Cuco se llama?

—Sí, ¿ves que es medio monstruito?

—Un poco monstruito es... ¿No se escapa?

—No, pero atalo a la silla por las dudas.

Me levanté y metí la pata de la silla dentro del lazo de la correa.

—Ahí está. ¿Muerde?

—No, es rebueno. Pero desde hace un par de años los perros así, de pelea, tienen que andar con bozal en lugares públicos.

—Qué país organizado Uruguay. ¿Es el perro de tu novio?

—Sí, pero no...

—Cómo.

—Sí es el perro de él, pero no, no es más mi novio.

(No soy peronista, pero a veces por dentro, con cara de póquer, uno grita Viva Perón.)

—¿Y qué hacés con el perro?

—Lo va a cuidar una amiga, hasta que él vuelva de una gira.

Vino el mozo. Le pregunté a Guerra qué quería comer.

—¿Vos qué querés? —me dijo ella.

—Yo quiero el cordero ese con papas y boñatas. ¿Cómo se dice? ¿Batatas son, no?

—Boñato.

—Eso —dije.

—Yo también —dijo Guerra.

El tipo entró a anunciar el pedido. Levanté el vaso y brindé:

—Qué bueno verte, Guerrita.

—Lo mismo digo, Pereyra.

Chocamos los vasos.

Por un momento pensé: ¿Quién es esta mina? Me resultaba totalmente desconocida. Me costaba hacerla coincidir con mi delirio de meses. No digo que no estuviera linda —de hecho con esos jeans y esa remera medio abierta en la espalda estaba más buena que las vacaciones— pero el fantasma de Guerra que me había acompañado ese tiempo era tan poderoso que me resultaba extraño que fuera ella ahora, frente a mis ojos, la verdadera.

—¿Qué pasó con tu novio?

—La nueva epidemia uruguaya pasó.

—¿Qué?

—Lo peor de todo es que fue idea mía. Nos aumentaron mucho el alquiler en su casa y entonces le dije a mi amiga Rocío, la de la editorial, ¿te acordás que estaba en Valizas?

—Sí...

—Le dije si quería alquilar con nosotros porque ella estaba buscando.

—Mmmm... ¿Qué estaba buscando tu amiga? Esto termina mal.

—Pará. Compartimos entre los tres el alquiler. Veníamos bien: cocinábamos juntas, nos turnábamos para limpiar, además a veces liberaba la zona porque se iba bastante a lo de la madre... Todo ideal.

—¿Se llevaba bien con tu novio?

—No, César decía que no se la bancaba.

(Primera vez que escuchaba el nombre del novio: César. Miré al perro, se había dormido bajo la mesa.)

—Ella se encerraba, no era muy de estar tomando mate con nosotros, ni viendo tele. Traía unos bizcochos, se agarraba dos o tres y se iba con su mate a leer a su cuarto.

—Era la inquilina perfecta —dije.

—Perfecta hija de puta. ¡La mosquita muerta que no conseguía novio, que no quería ir a bailar, ni nada! Un día estoy ventilando un poco su cuarto, pegué una barrida, iba a estirar las sábanas y veo en su almohada una cana, así corta. Rocío no tiene canas. César sí tiene.

—Horrible —dije.

—¡Horrible! Me quedé helada y me empezaron a caer fichas, se me armó todo un rompecabezas: las veces que habían coincidido solos cuando yo no estaba, la forma en que César se demoraba en salir para que yo saliera primero, hasta la mala onda entre ellos cambió de sentido, ¡era incomodidad!

—Se pasaban de antipáticos.

—¡Claro!

—Pero pará —dije—, porque... Y perdón que lo diga: no la vi tan detalladamente a tu amiga, pero no es una mina irresistible.

—Para nada. ¡Es fea! Eso le gritaba yo a César.

Porque me sigue sin entrar en la cabeza. Yo no iba a meter un minón en mi casa para que le calentara la pija a mi novio. Rocío era mi amiga, perfil bajo, sin curvas, ni tetas tiene, calladita, quedada, ratoncito de biblioteca... Lo que pasa es que ustedes se bombean cualquier cosa.

—A mí no me metás en la misma bolsa.

—Los hombres no se cogen a las hermanas porque ellas no quieren, si no les darían también. Y a la madre.

—Bueh... Volvamos a este hombre en particular. ¿Lo enfrentaste?

—Primero quería estar segura.

—¿Qué hiciste?

—Los grabé.

—¡No! ¿Cómo?

—Un sábado a la mañana, Rocío se estaba duchando y dejé abajo de su cama mi celular grabando. César estaba escuchando música en nuestro cuarto. Le dije que me iba al centro un toque a una reunión por la película.

—¿Qué película?

—Estoy laburando en una película.

—Qué bueno.

—Salado.

—¿Actuás?

—No, estoy en la producción. Pero pará, después te cuento eso. La cosa es que me fui. Volví al mediodía, esperé que Rocío se fuera a lo de la madre y agarré mi celular.

—¿Estaba ahí, no lo habían descubierto?

—No, yo lo había dejado en modo silencioso:

queda grabando y parece apagado. Me puse los auriculares y le dije a César que me iba a darle una vuelta a Cuco.

Guerra se quedó callada.

—¿Y?

No decía nada, hacía apenas un movimiento con la cabeza, como un minino. De pronto habló con la voz quebrada. El llanto femenino me aterra. Quién me manda a meterme en este culebrón venezolano, pensé. ¿Cómo remonto esto? ¿Qué dice el manual en estos casos? ¿Cómo se hace para cogerse a una mina llorando y con el perro del novio? Esa es mi primera reacción cuando llora una mujer, mi cerebro se va lo más lejos posible, al fondo de mi egoísmo, a la otra punta de la pena y del amor, planeo la fuga, después empiezo a volver, poco a poco, me pongo contenedor, quizá porque el llanto femenino empieza a hacerme el efecto buscado.

—Nunca pensé... Nunca pensé, te juro —decía Guerra con lágrimas en los ojos. Se le derritió la cara—. ¡Le decía las mismas cosas que me decía a mí al oído cogiendo!

—¿Qué cosas?

—Nada, no te voy a contar, es muy íntimo, pero se las decía idénticas.

—Un desastre, Guerra. No está bueno enterarse tanto. No tendrías que haberlos grabado.

—Es que me lo iban a negar en la cara. Y yo quería saber la verdad.

—La verdad a veces es demasiado.

—No, yo prefiero. Así, ¿sabés qué?, nunca más lo veo al muy hijo de puta.

—¿Dónde estás viviendo?

—En lo de mi viejo.

—¿No estabas peleada con él?

—Sí, sigo, pero ni nos cruzamos.

De pronto me dio mucha ternura y la quise proteger. La quería abrazar. Pero tenía la mesa de por medio. Le agarré la mano entre los vasos, como en una pulseada de cariño, le besé el puño.

—Vas a estar bien —le dije.

Ella hacía que sí con la cabeza. Se secó las lágrimas con las manos. Le di un paquetito de pañuelos de papel y se sonó su hermosa nariz.

—Pidamos un whisky —dijo.

Nos trajeron el cordero y pedí dos J&B con hielo.

—¿Vos cómo estás? —me preguntó.

—Bien. Pero terminá de contarme. ¿Qué hiciste?

—Uy, hice una tremenda. Me zarpé un poco pero ya fue. Volví y no dije nada, me tiré a dormir. Esa noche venían los chiquilines. A las ocho empezaron a caer. Uno, otro... Yo esperé. Cuando ya estábamos todos, dije que iba a poner música y puse en los bafles grandes el audio de ellos cogiendo en la parte peor, cuando ella gritaba y le decía cogeme más.

—Estás loca. ¿Y los nenitos?

—¿Qué nenitos?

—Los chiquilines que estaban.

—No, chiquilines son amigos. Gente de mi edad.

—¡Ah! Igual estás loca.

—Sí, pero valió la pena. ¡La cara de los dos! Hasta las palmadas que le daba se oían. Nadie entendía nada. Algunos se reían. César fue hasta los bafles, desconectó mi celular y lo reventó contra la pared. Ni me miró, se fue hasta la puerta y cuando estaba saliendo le dije: Sí, andate, cagón. Y vos si querés irte también andate, le dije a Rocío. Se puso a llorar. Nuestros amigos entendieron enseguida, pero no sabían a quién consolar. Yo estaba parada, esperando que ella se fuera, pero de golpe dijo: Te lo íbamos a decir mañana: estoy embarazada.

—¡¿Qué?!

—Lo que escuchaste —dijo Guerra—. La muy bicha está embarazada.

Nos trajeron los whiskies y los tomamos rápido. Lo del embarazo cambiaba todo. No sabía qué decirle. Empezamos a comer.

—¿Pudiste hacer tus trámites? —me preguntó.

—Sí, ya está.

—Bien —dijo Guerra.

No sé si era porque tenía mucho hambre, pero ese cordero fue uno de los platos más ricos que comí en mi vida. Estaba hecho con romero, y las papas y las batatas cortadas medio grandes, rústicas, doradas. Me tiré hacia atrás en la silla, relajado. Ahí bajo el toldo había una luz de patio, tenía razón Borges. La miré a Guerra comer. Me pareció que mis chances habían aumentado. A lo mejor ella quería sexo de venganza, de reposicionamiento de la autoestima. Yo no tenía que exagerar mi rol de secalágrimas porque podía quedar atrapado en un remolino descendente. El máximo problema seguía siendo el perro. Pedí dos whiskies más.

Busqué la foto que había sacado desde la ventana del cuarto del hotel.

—Mirá, Guerra —le dije y le pasé el teléfono.

Dejó los cubiertos y lo agarró.

—¿El Palacio Salvo?

—Sí, acabo de sacar esa foto desde el cuarto del hotel.

—¿El Radisson? Qué tal Pereyra, eh. Andan bien tus cositas.

—Reservé ese cuarto para que podamos estar solos.

—Tenés todo planeado.

—Sí.

—¿Y desde cuándo andás planeando esas cosas?

—Desde que te vi bailando en Valizas.

—Ah, mirá vos...

Me acerqué a ella y ella se acercó para oír lo que le iba a decir en voz baja:

—Quiero invadirte la siesta. Verte desnuda. Darte muchos besos.

Le miré la boca. La cantidad de cosas que pensó esa boca en dos segundos. Medio se mordió los labios, hizo casi trompita, se torció para un costado, sonrió.

—Tengo una amiga que trabaja en recepción en el Radisson. Me pueden ver. Te dije que Montevideo está lleno de ojos.

—¿Y qué te importa si no tenés más novio?

Mala mi frase. La tiró para atrás en la silla. Se rompió la intimidad que había logrado. La quise arreglar:

—Le decís a tu amiga que tenés que hacer una entrevista para el diario.

—¿Quién te escribe los guiones, bo?

Me reí, yo también me tiré para atrás en mi silla. No iba a ser tan fácil.

—Olvidate del canoso ese.

—El canoso ese es más joven que vos. ¿Vos cuánto tenés?

—Cuarenta y cuatro.

—Él tiene treinta y ocho, diez más que yo.

—¡Un viejo! ¿Y tiene tantas canas? Está hecho mierda.

—Me gustan así medio gastaditos por la vida, como los jeans.

—Yo estoy hecho crosta, me estoy por morir, me voy a morir mañana, seguro.

Por lo menos la hice reír, pero recobró fuerzas:

—Vos sos un mimado por la vida —me dijo Guerra—. Un Peter Pan que no quiere dejar de ser niño. Por eso no envejecés.

—Es que te estoy esperando. Duermo congelado como Walt Disney para esperarte.

—No te voy a gustar a los cuarenta.

—A ver, hagamos un test. Esto lo inventó un amigo. Yo te voy a decir un personaje y vos me decís el actor que primero se te viene a la mente, ¿estamos?

—Dale.

—Batman.

—Eh... Val Kilmer.

—¡Bien!

—¿Y qué prueba eso?

—Que podemos estar juntos.

—¿Por?

—Según esta regla, no podés salir con alguien con quien tengas más de dos Batmans de diferencia. Para mí, Batman es Adam West, el sicodélico de calzas celestes de los setenta.

—¿Y cuáles otros hay? Val Kilmer...

—Michael Keaton, el de *American Psycho*, ¿cómo se llama?

—Christian Bale.

—Ese. Si decías Christian Bale, lo nuestro no podía ser, demasiados Batmans de diferencia. Son mundos distintos, imaginarios que no coinciden en ningún punto. Cada cosa que dice uno, el otro se lo imagina de otra manera.

—¿De verdad pensás que es así?

—No.

El cinturón con la plata me estaba incomodando mucho. Me lo traté de subir un poco, así no se me clavaba en la ingle. ¿Para qué quería toda esa guita si no podía tenerla a Guerra? Solo quería enamorarla. Ella no había mostrado ni un indicio de querer ir al hotel conmigo, así que decidí no insistir. No era por ese lado que la iba a convencer. Tenía que dejar que creciera el tiempo juntos. La tarde. La charla. El alcohol. Soltar, como dicen. Dejar que actúe la no intencionalidad. No ponerme pesado...

—¿Vamos al Radisson, Guerra? Nos pedimos un champagne en el cuarto. Si no querés no hacemos nada. Dormimos la siesta en cucharita.

—Lucas...

—¿Qué, Magalí? Maga, la Maga sos. No lo había pensado, ¡y sos uruguaya, como la Maga!

—Lucas, en serio. ¿Te puedo hablar en serio?

—Sí.

—Vos de un día para el otro me mandás un mail que venís, aparecés de repente, querés que vayamos apurados al hotel a coger, después te vas a tomar a la tarde el Buquebús de vuelta...

—Tenés razón, soy un torpe, lo que pasa es que no tengo tiempo.

—Y claro que no tenés tiempo, no lo tenés acá, porque tu tiempo está en otro lugar, con tu mujer y tu hijo. Sos de otro tiempo.

Me quedé mirándola.

—Me dejaste contra la lona, Guerra. Taekwondo uruguayo fue eso. Me liquidaste.

Ella me miró para ver cómo reaccionaba, me veía absorbiendo gradualmente el efecto de sus palabras.

—El taekwondo uruguayo —le dije— es con un termo bajo el brazo, ¿no? Todas las artes marciales son así acá: con termo y mate en una mano, y con la otra defensa y ataque. Los deportes de riesgo también. Bungee jumping con termo. Y los cirujanos operan con el termo...

—¿Me escuchaste lo que te dije?

—Sí... Algo del tiempo escuché.

Guerra se quedó seria.

—Te escuché —dije—, estoy tirando chistes por puro patetismo, para negar mi muerte. Quiero morir haciendo reír a mis verdugos.

—A mí me encantó lo que pasó en Valizas, la ida a Polonio —dijo Guerra—. Me quedé muy enganchada con vos. Pero después no nos vimos más. Yo no tengo teca para viajar a Buenos Aires. Y vos apareces así cada tanto. Nos vamos a enredar otra vez, te vas a volver a ir, nos vamos a pasar meses mandándonos cositas por mail, vas a aparecer el año que viene... Estoy lastimada, no quiero que me duela nada más. Y no es porque tengo miedo de que me lastimes, es que no quiero que me duela nada, no quiero extrañarte. No quiero extrañarte.

—Tenés razón —le dije mirándola a los ojos y levanté el vaso brindando con el fondito de hielos del whisky—. ¿Último?

—Dale, último.

Pedimos otro. Cuco roncaba tendido sobre las baldosas frescas.

7

Pero el último no fue el último. Hubo un par más. Invité yo y pagué un montón de plata que no supe bien cuánto era porque con mi matemática ondulante me era imposible calcular el cambio en esa moneda. Billetes con la cara de la poeta Juana de Ibarbourou. En otro estaba el pintor Figari y al anverso uno de sus cuadros de un baile. Artistas en los billetes, no próceres. ¿Habrá un billete de Borges en la Argentina alguna vez?

Nos fuimos caminando con Mr. Cuco (yo lo llamaba así porque me empezó a caer mejor el perro). Guerra me pidió que la acompañara a llevarlo a la casa de una amiga. Algo se distendió al estar hombro con hombro caminando juntos, ya sin el careo de la mesa. Fue un alivio ir mirando el día de a dos. Me acuerdo que en la esquina le vi la espalda con esa remera corta medio abierta atrás.

—¿Eso es una bikini? —le dije tirándole apenas del elástico horizontal de su corpiño color verde claro.

—¡Chit! —me advirtió—. Soutien deportivo.

Caminé al lado de ella, la agarré fuerte de la cintura.

—Así te agarré en Valizas a la noche.

—Me acuerdo bien. Un atrevido.

Teníamos una mitología personal muy acotada. Unas pocas anécdotas juntos. Pero las hacíamos valer. No sé qué calle agarramos. Ni mirando el mapa ahora puedo saber; debe haber sido una paralela a la rambla. Cantamos *Dulzura distante*, mal, olvidándonos partes. Pero bastante entonados los dos, sobre todo en la estrofa final de «Voló, voló mi destino, duró mi vida un instante, el cruce de los caminos y tu dulzura distante». Aunque a veces el último verso se nos superponía con «el grillerío constante». En un momento metí mi mano en el bolsillo de la campera y encontré el flyer de la casa de tatuajes.

—Uy —dije—. ¡Perforaciones genitales!

Guerra miró el papel.

—¿Y eso?

—Me lo dieron al pasar en la 18 de Julio.

—«En 18» se dice. No se dice «la 18».

—Perdón, perdón. ¡No quise transgredir las reglas del sociolecto montevideano! Me voy a hacer una perforación genital. Así mi pija se comunica con tu piercing por telepatía.

Guerra se empezó a reír.

—Yo lo quiero ver de vuelta.

—¿A qué?

—A tu piercing.

—Vos no lo viste.

—Eh...

—No, no lo viste.

—Bueno, no lo vi cara a cara. Pero lo sentí. Lo tuve quemándome los dedos.

La sonrisa más linda del mundo. Una sonrisa atorranta, torcida, cómplice.

—Hay un cuarto esperándonos —le dije—. ¿Es muy lejos la casa de tu amiga? Larguemos este perro acá mismo y vamos. Le sacamos el bozal, lo soltamos de una vez, que corra en su ley y vaya comiéndose niños en las plazas. ¡Liberen a Mr. Cuco!

Tenía un aire medio heroico Guerra, así, llevando el perro que tiraba de la correa. Una diosa homérica con su mastín.

—Me voy a tatuar a Mr. Cuco en el hombro. En serio.

—No te vas a tatuar nada. ¿Tenés algún tatuaje?

—No. Pero en serio, me quiero tatuar algo.

—¿Como qué?

—Una flor —dije—. No, mejor un pétalo rosado con un piercing.

—Qué poético. A tu mujer le va a encantar.

—Sí. O me tatúo «guerra» acá en un hombro y en el otro «paz».

—¿Tu mujer se llama Paz?

—No.

Eso fue todo lo que hablé con Guerra sobre vos, Catalina. No dije una palabra más. Había cierta lealtad en mi deslealtad. Y estaba muy borracho. Todo esto sucedía mientras cruzábamos muy mal la calle, en estado de gracia. Por suerte los uruguayos frenan cuando te ven poner un pie en la senda peatonal. En Buenos Aires moríamos atropellados.

Paramos frente a una casa donde sonaba música fuerte.

—Están ensayando —dijo Guerra—. Esperemos que paren porque no nos van a oír.

—¿Qué podremos hacer mientras tanto? —le dije y la fui arrinconando despacio contra la puerta.

Me dejó venir. Me esperó con los ojos. Un beso largo, de desmayo. Otra vez la intimidad con ella. La distancia del secreto al oído. Esa fusión de espacios en uno solo. Y salía por la ventana de la casa una especie de rock folclórico, muy distorsionado, con un bajo repetitivo, insistente, y una voz de mujer que gritaba: «Yo tuve un amor, lo dejé esperando, y cuando volví, no lo conocí, no lo conocí». De pronto pararon de tocar y nos quedamos abrazados, agitados por el envión, el encontronazo.

—Tranqui panqui —me dijo Guerra poniéndome una mano en el pecho. Lo dijo para los dos. Tocó timbre. Una voz en el portero preguntó:

—¿Quién es?

Guerra le contestó:

—Soy Zitarrosa. Me escapé de la tumba para cagarlas a patadas.

—¡Voy!

Apareció la amiga. Una chica mínima. Me pregunté si sería la vocalista. Me saludó de lejos. El perro se metió, como si ya conociera la casa. Guerra le agradeció a su amiga y después le preguntó si tenía un churro o algo así. La amiga le dijo «Pasá» y Guerra me dijo:

—Bancame un segundito.

Quedé ahí afuera solo en la vereda. La soledad repentina fue como un espejo. Ahí estaba enloquecido, a los besos en plena calle con una veinteañera.

Me imaginé mi cara roja por el sofocón. Era otro buen momento para rajar y desenredarme de la agenda hormonal. Hacerme el misterioso, el hombre aire, el invisible. Deshacerme en partículas de luz. Estar en todas partes y en ninguna. Pero no. Me quedé. Me senté, entregado a mi destino sudamericano, en el escalón de la puerta mirando pasar motos, autos y gente. Guerra apareció y dijo:

—¿Me acompañás, Pereyra? Tengo que buscar algo.

No contesté pero me paré con energía porque claro que sí la iba a acompañar. Guerra había dejado el mastín pero ahora me tenía a mí de perrito faldero, encantado de seguirla a todos lados.

Me contó que ni bien se peleó con su novio se fue a vivir a esa casa donde acabábamos de dejar a Mr. Cuco. Duró dos días y se fue porque los ensayos la enloquecieron. Era una banda de mujeres que se llamaba La Cita Rosa.

—Tocan bien pero si no te sumás al ruido te satura. No aguantás.

—Ese cover no sonaba muy bien —le dije.

—Esa versión no —dijo Guerra—, pero otras salen mejor. Igual tocan muy enojadas. Para mí tienen que calmarse un poco.

—¿A dónde estamos yendo, Guerra?

—Al final del arcoíris, a buscar un tesoro —dijo, y sacó el porro que le había dado la amiga.

Como siempre, tosí como un novato con las primeras pitadas. Me quemaban los pulmones. Guerra me preguntaba si estaba bien, yo decía que sí con la cabeza y los ojos llorosos. Hacía poco habían legalizado el consumo de marihuana en Uruguay. Me sorprendía que se pudiera fumar en la calle sin ningún tipo de paranoia. Subimos hasta la avenida y entramos en una galería. Me hizo meter en un local donde vendían revistas viejas. Yo pensé que el whisky y el porro la habían extraviado un poco.

—Si no la encuentro me matan —me decía.

—¿Si no encontrás qué?

Me metí en su candombe. Buscaba unas revistas. El dueño nos dejaba revolver. Eran pilas y pilas de una revista que se llamaba *Estrellas deportivas*.

—Buscá cualquier número que tenga un jugador negro en la tapa con la camiseta de Peñarol.

—¿Cómo es la camiseta de Peñarol?

—No podés no saber eso. Negra y amarilla. Fijate en las de los años sesenta.

Busqué entre las revistas medio deshechas. Caras y caras de jugadores con bigotito, peinados a la gomina, facha de escribanos vestidos de fútbol, posando con unos shorcitos muy trepados, festejando un gol, pateando la pelota, saltando en el aire. Entré como en un túnel del tiempo. Jugadores antes del fútbol profesional y el gimnasio, antes de la publicidad y la Play Station, algunos con un poco de panza, uno con pañuelo de cuatro nudos en la cabeza. Se parecían a mi abuelo, Ángel Pereyra, en sus tiempos de diplomático en Portugal. Estaban ahí. Casi podía escuchar a los locutores de voz nasal relatando los partidos en la radio. El tiempo de ese lado del Río de la Plata era distinto, no tan cronológico sino más total, me parecía. En Uruguay conviven todos los tiempos. El dueño del local parecía sentado en su silla desde 1967.

De pronto me detuve frente a una foto de un tipo medio mulato, sentado en el césped de la cancha, rodeado de pelotas. Me acordé de lo que estaba buscando.

—Acá hay uno, pero no sé si es muy negro —le dije a Guerra mostrándole la revista.

—¡Spencer!, sos un genio —me dijo y me estampó un beso—. Ahora hay que buscar a Joya. Otro negro.

El Radisson se me iba lento, cada vez más lejos, como un barco. Guerra me contaba que en la producción de la película donde estaba trabajando le habían pedido que buscara revistas donde estuvieran Joya y Spencer. Así se iba a llamar la película: *Joya y Spencer*. Uno había sido peruano y el otro ecuatoriano. Guerra se puso a cantar «Joya y Spencer van de la mano, entran al cielo los dos hermanos». Bailaba apenas. Y yo le bailé un poco, casi como bailando para adentro. Pero se ve que no era tan invisible el bailecito. El dueño nos miraba de reojo bastante incómodo y tosía para hacernos saber que ahí estaba. No le causaba gracia nuestro remolino intoxicado girando en la tranquilidad polvorienta de su local. «Fue fácil para los dos, el juego de la pelota, uno levantaba el centro, otro ponía las motas». Guerra cantaba moviendo el culo con una desfachatez antidepresiva.

—¿Por qué en Buenos Aires no hay negros? —me preguntó cuando se calmó.

—Hay negros. Lo que pasa es que... Hay muchas teorías, Guerra, pero me estoy meando.

—¡Y andá a mear!

—¿Dónde? —pregunté (parecía un nenito).

—¿Señor, dónde se podrá pasar al baño? —preguntó ella por sobre su hombro.

—Al fondo de la galería hay baños —dijo el tipo sin levantar la vista de lo que estaba haciendo.

Fui hasta atrás de todo, después de los últimos locales. Por el camino vi el local de tatuajes, lo vi un instante, de pasada, por el rabillo del ojo, pero me quedó titilando en la cabeza. Bajé con cuidado por una escalera caracol que se retorcía hacia la oscuridad. Quizá por mi estado medio frágil me pareció tan interminable. Bajaba como un tirabuzón al fondo de la tierra. Era una catacumba el baño ese. No sé cuántas cosas pensé durante mi largo meo de borracho, con una mano apoyada en los azulejos. La marihuana tejía teorías instantáneas que me parecían geniales y, cuando intentaba retenerlas para acordarme después, se desarmaban en el aire. Algo sobre los negros pensé; me pareció entender todo, era como una clarividencia intransferible. La luz, que para ahorrar energía tenía un timer calculado para clientes más expeditivos que yo, de pronto se apagó.

Ahora que quedé como atrapado dentro de ese martes, igual que en la película *El día de la marmota*, lo repaso, lo estudio, lo amplío en el recuerdo, dejo que los distintos momentos crezcan en mi cabeza. Trato de no agregar nada que no haya sucedido, pero de todas formas sin querer le agrego ángulos, planos, perspectivas que en ese momento no vi, porque pasé como pasa uno siempre por su vida, a toda velocidad y a los tumbos. Y ahora, obsesionado, me aprendo de memoria las canciones que oí esa tarde de a pedacitos y busco imágenes ampliadas de los billetes con los que pagué, los miro como si los tuviera que falsificar, veo que al anverso del billete de mil pesos uruguayos hay una palmera, la Palma de Juana, que está plantada en la rambla de Pocitos, cerca de la última casa donde vivió la poeta, miro la palmera dibujada, entro en el paisaje de tinta, busco la palmera en Google Streets, miro con lupa los lugares, las cosas que vi, los minutos de esas horas como un muerto al que lo dejaran recordar un solo día. Y ahí estaba en la oscuridad largando en ese baño mi chorro sonoro, flotando en el alivio, sintiendo que entendía todo, aunque seguro era más la sensación de entender que el entendimiento mismo. Pero no importa. Me daba vueltas la cabeza y algo en mi teoría tenía que ver con el giro.

La chispa primera había sido en un instante mientras Guerra bailaba allá arriba y yo bailé también aunque mínimamente, haciendo un giro lento hacia la izquierda. Pensé en eso. Y cómo a ella le gustó cuando lo hice. Me acordé de algo que leí alguna vez: unos antropólogos hicieron un estudio del baile y el movimiento. Midieron específicamente las reacciones y decisiones de las mujeres frente a los hombres, tenían que elegirlos después de verlos bailar. Una de las conclusiones decía que las mujeres, en todas las culturas, preferían a los hombres que giran más sobre su pierna izquierda que sobre su pierna derecha. El giro hacia la izquierda es más seductor que el giro hacia la derecha. ¿Por qué será eso? Como si hubiera un comportamiento celular, de cuando teníamos el tamaño de una bacteria, cuando toda nuestra opción de movimientos era girar para un lado o para el otro. Yo había hecho ese giro, la había hecho reír a Guerra, después me fui al baño y la escalera giraba hacia la izquierda. Me fui por la espiral, mi espiral. Tu espiral, Cata, el DIU. Tener o no tener otro hijo. O una hija. Pensé en una hija, creo que por primera vez en mi vida. ¡Una hija! Yo podía tener una hija. Pensé en unas mamushkas, una mujer dentro de una mujer dentro de una mujer, pensé en la cadena de polvos que nos trajo hasta acá, en mi caso una serie de españoles y españolas y portugueses y portuguesas cogiendo, y unos irlandeses y unas irlandesas celtas de mi lado materno diciéndose cosas calientes al oído, como puteadas de amor, inseminándose y devorándose el corazón los unos a los otros. ¿De dónde venía y hacia dónde iba mi espiral? ¿Qué era ese bajo afro ahí, ese pulso que tan bien había desenrollado Guerra en su miniatura de candombe y que me había quedado sonando? El Peñarol de los negros. Ese tambor grave que hace tierra entre los otros tambores más agudos, casi gutural, ese baile como si quemara la arena bajo los pies. ¿El animal que yo era no iba a tener más hijos? ¿Se le había acabado su misión reproductiva? Estaba en la mitad exacta de mi vida, hasta ahí me había dado la cuerda, ese era el borde, el final del arcoíris, lo máximo que se estiraba la soga, ahora todo era volver, subir la escalera en la otra dirección, desenroscarme. Mi destino, por alguna razón, había sido llegar a tocar el botón frío de la descarga del inodoro en ese sótano de Montevideo, un botón secreto que activaba algún mecanismo imperceptible de la máquina, y absorbía el remolino negro del agua, el rugido de león del baño al que tanto le temía de chico... Era, en ese momento, solo un borracho meando, es cierto, y fumado, pero extasiado por mi gran noche personal, mis estrellas como dragones en el cielo, cometas atrapados en un vórtice, la rotación de la Tierra, la posibilidad de ver en la oscuridad total por la ventana de un instante el infinito espectáculo del Cosmos. Sacudí las últimas gotas, me cerré el pantalón y salí a tientas hasta encontrar de nuevo la llave de luz.

Subí despacio y, medio ciego por los tubos de neón, entré en el local de tatuajes. Un pelado de barbita me saludó. Tuvo que abandonar algo que estaba haciendo en la computadora.

—¿Cuánto sale hacerse un tatuaje de un solo color acá en el hombro?

—Depende la complejidad —me dijo.

—Algo simple...

—Y... alrededor de mil quinientos pesos, más o menos.

—¿Y cuánto tardás?

—Puede ser media hora, una hora. Como te digo, depende la complejidad.

Le pedí ver símbolos que significaran guerra. Pensé tatuarme un ideograma secreto en mi hombro. Me mostró en unas carpetas plastificadas unos ideogramas chinos, pero no eran muy lindos. Los símbolos celtas eran mejores. Había muchos, algunos intrincados y entrelazados como iluminaciones medievales, otros más simples. Cuando vi el trisquel pensé: es este. Las tres espirales conectadas. Hacía pleno sentido con mis intuiciones subterráneas, como si hubiese subido a buscar esa imagen específica sabiendo que estaba ahí.

El tatuaje me salió mil doscientos pesos (un Juana de Ibarbourou y un Figari con anteojos redondos y cara de enojado). Unos cuarenta dólares más o menos.

—¿Hombro derecho o izquierdo?

—Izquierdo.

Lo imprimió y me lo pegó con una tinta lavable para ver cómo quedaba. Me miré el hombro en el espejo. Quedaba bien. Me pidió que me sacara la remera. Guerra apareció buscándome. Cuando me vio ahí adentro se empezó a reír.

—No te puedo dejar solo un minuto, Pereyra —decía.

—Me voy a tatuar un corazón que diga «Guerra» dentro.

—¡No!, no lo dejes —le dijo al tatuador—. Está reborracho.

—O mejor me voy a tatuar «Dulzura distante».

Guerra se asomó, me miró el hombro y vio el trisquel dibujado.

—¡Qué lindo! —dijo.

—¿Te pensaste que me iba a tatuar tu nombre? Con vos necesito un tatuaje que me ayude a olvidarte, no a recordarte, un antitatuaje. ¿Cómo es un tatuaje para olvidar a una mujer? —le pregunté al tatuador.

El tipo sonreía mientras trabajaba sin responder. No dolía mucho, eran como muchas inyecciones chiquitas y rápidas. De pronto Guerra me agarró del elástico del cinturón con la guita, que ahora sin remera asomaba fuera de mi pantalón.

—¿Y esto? —dijo estirando y largando para que me pegara en la espalda.

—¡Chit! —le dije—. Es mi soutien deportivo.

Traté de esconder el elástico dentro del calzoncillo. Pero el tatuador me pidió que no me moviera mucho y ahí quedé exponiendo mi burdo truco de ocultamiento monetario.

Vibró mi celular. Pensé que era de nuevo el aviso de que me estaba quedando sin batería, pero no. Era tu mensaje: «¿Quién es Guerra?», me pusiste. La mierda. Lo primero que pensé fue ¿cómo sabe? Me parecía imposible. De fumado nomás pensé algo como una telepatía con la piel, como si mi piel hubiera estado comunicada con la tuya y habías podido sentir algo que había detonado una alarma en vos. Una ridiculez. Guerra me vio la cara.

—¿Estás bien?

—Sí.

—¿Te duele mucho?

—No.

—¿Cuánto tarda? —le preguntó al tatuador.

—Veinte minutos —dijo el tipo.

Ella salió a hablar por teléfono al pasillo de la galería. Entendí que vos habías visto el mail de Guerra. Pero no sabías si era hombre o mujer, porque su mail tiene solo iniciales y un número, y en el cuerpo del texto yo la llamaba Guerra y ella no firmaba, o firmaba solo con su inicial de Magalí. No estaba seguro. Por las dudas te contesté lo más neutro posible: «Del grupo que me invitó a Valizas». No puse si hombre o mujer. Era muy delator pero fue lo que se me ocurrió en el momento mientras ganaba tiempo y pensaba qué te iba a decir. Mi mensaje se envió y el celular se apagó definitivamente sin batería.

Era un desastre. Me habías escuchado decir «Guerra» dormido más de una vez. ¿Qué te iba a decir?, ¿que repetía el apellido de un uruguayo llamado Guerra?, ¿que estaba enamorado de un Juan Luis Guerra o un Maximiliano Guerra? ¿Cómo iba a salir de eso? Podía dejarlo como un enigma para mí también. Andá a saber por qué repetía yo esa palabra en sueños. Era sospechoso igual: tu mujer te oye decir «guerra» a la noche y después descubre que te vas a reunir con una persona que se llama así. Entiendo que te haya dado mucha intriga. Encima el mail decía «en el mismo lugar de la otra vez». Podía ser un segundo encuentro con uno de los organizadores. Tenía que inventar algo para decirte y que no fuera demasiado incoherente.

El tatuaje me empezó a doler. No la aguja sino el trapito que el tipo me pasaba una y otra vez para sacar el excedente de tinta. Pensé en mi laptop. Era difícil que la hubieras hackeado. Quizá habías visto el mail en la tablet. Me acordé de que el día anterior Maiko me había insistido para ver sus dibujitos mientras yo estaba contestando algo en la tablet y le puse YouTube ahí mismo. Quizá no cerré el mail. Podía ser. Los martes volvías temprano. Quizá la agarraste y te sentaste en el sillón del living a mirar tus favoritos de Pinterest o algo así, quisiste chequear tu mail y apareció mi gmail abierto en la tablet. Un boludo yo. Y vos otra boluda por ponerte a leer mis cosas privadas.

Guerra pasaba y volvía a pasar caminando por el pasillo de la galería con el teléfono en la oreja. La vi crispada. Gesticulaba con la otra mano. Puteaba a alguien. ¿Estaría discutiendo con el padre, con el exnovio? Después la vi quieta, hablaba apenas al celular, tenía los ojos rojos. Parecía escuchar. Hacía que no con la cabeza. Le pregunté al tatuador si faltaba mucho. Me dijo que no, que todavía tenía que rellenar un poco lo delineado y terminaba.

—Cómo cambió la onda acá —me dijo el tipo al rato—. Estaban cagados de risa y de pronto es todo un funeral.

—No pasa nada —le dije—. Está todo bien.

Cuando terminó, me limpió y me cubrió el tatuaje con un plástico cuadrado y tela adhesiva. Me aconsejó un par de cosas sobre el cuidado de la piel los primeros días. No lo escuché. Me puse la remera, le pagué y salí.

8

Afuera de la galería, Guerra me dijo que estaba bien, que no pasaba nada, que se había puteado por teléfono con la directora de producción. No sabía si creerle.

—¿Y las revistas?

—Era un robo el viejo ese. Las dejé abajo de toda la pila y después, si me dan la plata, las vuelvo a buscar. Por lo menos ya sé que están ahí.

Quiso ver cómo me había quedado el tatuaje. Le mostré. Nos miramos sin saber qué decir. Guerra tenía la cara más triste que vi en mi vida.

—Vos no estás bien, Guerrita. Vení, vamos.

Le puse un brazo sobre el hombro y caminamos. La avenida por la que había llegado tan entusiasmado esa mañana ahora era otra, más apurada, sin sol, más gris, menos simpática. Por un rato no hablamos. Después Guerra me dijo:

—Vos me hacés bien —y se acurrucó contra mí.

¿Adónde estábamos yendo? Nos metimos en un quiosco y empezamos a agarrar cosas. Habíamos caído en el bajón del porro y el cuerpo pedía azúcar. Guerra fue hasta el fondo y vino con algo en la mano.

—Ahora vas a saber lo que es bueno, argentinito —me dijo y me mostró unos alfajores que en el envoltorio tenían una chica con un pañuelo que se parecía un poco a ella. Yo agarré caramelos, unos chupetines y chocolate.

Por la calle los fuimos abriendo y comiendo con devoción. Guerra volvió a sonreír.

—Habría que abrir un local que se llame Pintó el Bajón —le dije.

—¡Gran idea!

—El paraíso del porrero. Con golosinas que te podés tunear, como en las heladerías. Potecito de dulce de leche con M&M. Chocolate con gomitas...

—Un chupetín con corazón de chocolate —sugirió ella.

—Genial, eso no está inventado.

—Pero yo le pondría Sugar de nombre al local.

Seguimos hablando del proyecto durante varias cuadras. De pronto en la vidriera de una casa de instrumentos musicales me hipnotizó un ukelele. Frené. Era precioso, como una guitarra mínima.

—¿Qué viste?

—Le tengo que comprar eso a mi hijo —dije pensando en voz alta, señalando el ukelele. Quedé como paralizado.

—Y compráselo —dijo Guerra.

Entramos. El vendedor se acercó. Un pelado de barbita que me resultó muy familiar. Era el tatuador.

—¿Vos no me hiciste el tatuaje recién? —le pregunté sorprendido y le dije a Guerra—: ¿Él no es el chico que me hizo el tatuaje?

—¡Sí! —dijo Guerra.

—¿Ahí en Dermis, en la galería? —preguntó él.

—Sí...

—Es mi hermano.

—¿Es tu hermano? —dijo Guerra.

—Mi gemelo.

Celebramos la casualidad. ¿Cuántas posibilidades existen de que alguien se haga un tatuaje con un tipo y después sin saberlo vaya directo varias cuadras más allá al local donde el gemelo vende instrumentos? Depende de la distancia, del tamaño de la ciudad, de las opciones que haya, de la vinculación entre los dos empleos... Quizá la música y los tatuajes corresponden a un mismo universo y entonces no era tan extraña la coincidencia. Le mostré el tatuaje; se me había enrarecido y tenía unas gotitas de sangre bajo el plástico empañado. El tipo estaba entre contento y harto del tema del gemelo. Le pedí el ukelele y lo probé. Sonaba muy bien. Venía con un cuadernillo de acordes básicos y modos de afinación. Me salió ciento cincuenta dólares. Me lo llevé en la mano, sin bolsa ni caja. Se ve que me quemaba la guita encima. Hotel, almuerzo, tatuaje, ukelele... Llevaba gastados más de quinientos dólares en un rato.

—¿Dónde vamos? —le pregunté a Guerra en la vereda, tratando de sacarle algún sonido a las cuerdas.

—Vamos a terminar este churro a la Ramírez —me dijo mostrándome la mitad que quedaba del porro—. ¿Tenés tiempo?

—¿Qué es la Ramírez, una plaza?

—No. La playa, acá cerca.

—¿A ver, qué hora es?, me quedé sin batería en el celular.

—Son las cinco —dijo ella.

—Un rato tengo. A las seis me encuentro con un amigo.

—Te aburriste de mí, Pereyra, no me pudiste llevar al hotel, así que te vas.

—Exacto. Un fiasco la uruguaya... No, de verdad, me encuentro con un tipo que fue mi profesor. Enzo Arredondo.

—¿Escribe en *El País*?

—Creo que sí, o en *El Observador*, no me acuerdo bien. Es un suplemento pero no sé bien de qué diario.

—Creo que lo conozco. ¿Y profesor de qué es?

—Es más gurú que profesor. Daba un taller muy atípico en Almagro, en Buenos Aires en los noventa, y yo fui un tiempo ahí. Podías hacer cualquier cosa menos escribir con tus palabras. Te hacía grabar pedazos de la radio y editarlos, hacer tráileres de películas viejas, armar poemas con titulares del diario, grabar ruidos o conversaciones en la calle, sacar fotos de cosas muy específicas: zapatos, espaldas, nubes, árboles, manifestaciones, ciclistas, la gente de tu cuadra.

—¿Y no podías escribir?

—Un texto con tus palabras, no. Podías armar historias con fotos. Hacer entrevistas por el barrio preguntando cosas como: ¿Alguna vez estuviste enyesado?, ¿qué lugar del mundo te gustaría conocer? Y le preguntabas a la coreana del súper, al verdulero, a todos. Te enseñaba a mirar y escuchar. Te hacía ir a ver una tarotista, o a un templo evangélico, a convenciones de ufología. Te hacía entrevistar gente...

—Bizarro el viejo.

—No es tan viejo, eh. Debe tener setenta por ahí. ¿Querés venir conmigo a conocerlo?

—No puedo, tengo una reunión de producción por Pocitos más tarde.

—¿Dónde vive tu papá, Guerra?

—Ahí cerca.

—¿En Pocitos?

—Sí.

—¿Sos una cheta de Pocitos?

—¿Qué decís?, pará, yo no soy ninguna cheta.

—Te hacés la arrabalera populárica, la transcultural...

—Clase media, como decía mi mamá, «con aspiraciones». Acá el único chetito sos vos.

—Pero yo me asumo. Vas a ver a los cuarenta y cinco años la burguesita en la que te vas a convertir. Te estoy viendo.

—Puede ser, puede ser —me dijo medio ofendida y prendió el porro.

Esta vez no tosí. En una mano tenía el ukelele y el alfajor, en la otra el porro.

—Es glorioso este alfajor.

—¿Viste? Salado, De las Sierras de Minas.

—Pero no es salado, es dulce...

—No, salado se dice cuando...

—Te estoy gastando.

—Bueno, parece que nos tragamos un payaso —dijo Guerra con voz de maestra envilecida.

Nos dio un ataque de risa. Me contó que una profesora en el liceo decía esa frase cuando algún alumno hacía alguna pavada.

La estaba pasando bien con Guerra, no quería que terminara la tarde. Me dio calor la campera con la mochila encima.

—¿Dónde queda la playa?, ¿en Valizas, flaca? No doy más.

—Hay que doblar acá en Acevedo y bajamos y ya está.

—¿Esto qué barrio es?

—Cordón.

Bordeamos un edificio antiguo y doblamos. Ahora entiendo que esa era la Universidad de la República, es decir que estuvimos por un momento caminando dentro del billete de quinientos pesos, donde aparece el edificio en tinta azul. Los árboles se volvieron enormes. Eran unos plátanos gigantes. Sentí el espacio aéreo de la cuadra, como una catedral brillando arriba. Bajamos hacia la rambla. Al fondo se veía la playa. Miré bien el cartel de la calle y me acordé:

—Acá pasa una escena tremenda de Onetti. Me parece que es acá. El tipo hace caminar a su mujer con un vestido blanco. La hace levantar de la cama y venir acá a bajar por esta calle y él la mira desde allá, desde la rambla.

Guerra me miraba como intrigada. Yo seguí:

—Él la había visto cuando ella era joven un día caminar hacia él y la describe así toda hermosa con el vestido al viento. Y años después la obliga a levantarse de la cama y a venir a este mismo lugar para caminar de la misma manera varias veces, como buscando la juventud de ella. Pero ya no está, ahora tiene cara de amargada, ya no es una chica joven. «No había nada que hacer y nos volvimos», termina el párrafo. Un hijo de puta. Ella ya no es más la Caro, ahora es Carolina.

—La Ceci —me corrigió Guerra—. Cecilia Huerta de Linacero.

—Ah, me estás haciendo hablar al pedo. ¿Te gusta Onetti?

—Sobre todo me gusta *El pozo*.

—No te tenía como lectora de Onetti. Sos una caja de sorpresas.

—¿Viste? Me parece que me subestimás un poco, Pereyra.

—Quizá tenés razón. Pero te estoy conociendo. Si lo pensás, no nos vimos muchas veces. Hoy cuando apareciste casi me chocó verte. Después de acordarme tanto de vos como que te había inventado dentro de mí.

—¿Me viste fea?

—No, al contrario, superhermosa y sexy, pero como desfasada de mi recuerdo. Demasiado real y fuera de mi manipulación. Todos estos meses te tenía en mi cabeza y podía rebobinar, poner fast forward, pausa. Abría y cerraba los mails que me mandabas. Viste que al recuerdo lo repasás, lo revivís... Y cuando llegaste hoy fue como que te superponías al recuerdo que tenía de vos, lo apartabas de un codazo.

—Medio horrible eso.

—No, no, fascinante. En serio. El whisky después juntó todo. Te volviste a unir en una sola. Era cuestión de escucharte y mirarte. Por eso digo que te estoy conociendo. Me gusta eso.

—¿Qué?

—Conocerte.

—Sos un chamuyero, Pereyra. Tremendo. Te hace muchas piruetas el cerebro a vos.

Sentí todo el viento de mar de golpe. Vi lejos.

—¿Por qué le dicen río a esto, si es mar?

—Está mezclado —dijo ella—. El mar mar empieza en Punta del Este, se supone. Pero acá hay días que lo ves más verde, más azul con agua salada, y hay días que lo ves medio marrón, y ahí es más río.

Antes de bajar a la playa, nos apoyamos contra la baranda. Detrás de la rompiente había unos tipos haciendo kitesurf, con unas velas de colores que oscilaban y deambulaban como parapentes.

—Guerra, te voy a decir algo.

—¿Qué?

—No quiero ser tu amigo gay.

La miré.

—No te rías, boluda, en serio. No quiero ser el amigo bueno con el que te frotás sin peligro. El consejero compasivo, la orejita que te escucha. Me gusta hacerte bien, pero no quiero solo eso. No soy un peluche.

—Bo, tas loco. Primero, mis amigos putos son los peores consejeros del mundo. Si fuera por ellos tengo que estar cogiendo el día entero con siete tipos a la vez. No les interesan mis mocos para nada. Y segundo... Segundo... No me acuerdo qué era lo segundo porque este churrito es muy fuerte.

Le di un beso, y mientras nos besábamos me pasó

la mano por la nuca y me dio como una electricidad en todo lo largo de la espalda. Me reformateó. Me olvidé hasta de mi nombre. Nos abrazamos y cuando abrí los ojos vi algo raro en el cielo. Primero pensé que era uno de los parapentes, pero era más grande.

—¡Mirá eso!

Era como un enorme rombo que parecía vibrar, o brillar, elevado sobre la superficie, mar adentro.

—¿Qué es eso?

—El mozo del bar donde almorzamos me dijo que ayer vieron algo así. Pensé que me estaba jodiendo.

—¡Qué es eso, Lucas! Me da miedo. ¿Qué puede ser?

Era más oscuro en el centro y más rosado en los bordes que parecían ondular. Tenía algo de mariposa. De golpe no estaba más. Lo buscamos por todo el horizonte, pero no volvió a aparecer. No podíamos creer lo que habíamos visto.

—¿No lo habremos flasheado nosotros? —dijo Guerra.

Pasó un tipo caminando rápido, en jogging y le pregunté:

—¿Señor, usted vio una luz rosada, como un rombo allá en el cielo?

El tipo frenó y le tuve que repetir la pregunta porque venía con auriculares.

—Sí, lo vi. Tiene que ser algún fenómeno meteorológico, digo yo. O será algún experimento de los yanquis. Andan por ahí con unos buques de la Armada cada tanto haciendo cosas raras —dijo y siguió con su ejercicio.

Bajamos a la playa y caminamos sin zapatillas por la orilla. O mejor: caminamos sin championes por la orilla. Guerra decía que quizá lo que habíamos visto era como un campo de fuerza o un portal que se abre y se cierra.

—¿Y quién lo genera? ¿Para qué sirve?

—Se genera solo. Es energía.

—¿Pero qué pasa a través de ese portal?

—¿Qué sé yo? No sé.

—¿Sabés qué parecía? Vas a decir que soy un enfermo...

—¡Sí...!

—¡Una concha! —dije.

—¡Sí! ¡Era una concha total! —gritó Guerra.

—¡La concha de Dios! —grité yo.

Nos caímos a la arena. Éramos dos cabecitas de faso merodeando por el mundo. El asombroso mundo incomprensible. No había casi gente en la playa. De vez en cuando alguien con un perro. Algún nenito lejos haciendo un pozo. Soplaba viento y me dio frío. Nos fuimos a sentar contra el murallón.

Ahí al reparo estábamos bien. Guerra se comía un chupetín. Traté de sacar con el ukelele la *Zamba por vos*, que habían destruido las chicas de La Cita Rosa, pero no conocía los acordes y mis conocimientos de guitarra me confundían más de lo que me ayudaban. Hoy día la toco sin pifies, con punteos, y cada vez que la canto estoy ahí sentado al lado de Guerra impresionándola con mi versión: «Yo no canto por vos: te canta la zamba».

No sonaban bien mis intentos. Me interesó más Guerra concentrada en su chupetín. Yo saqué el mío. El de ella era violeta y el mío rojo. De los de pelotita. Y empezamos: ¿Es de uva ese? ¿A ver? ¿Y a ver el tuyo? Intercambiamos chupetines. Y un beso con gusto a frutilla, un beso con gusto a uva. Más besos, muchos besos dulces, amparados por la pared que hacía un rincón contra una de las escaleras de piedra. Quedamos tirados de costado en la arena. Me vas a matar, Guerrita. Siempre en la arena nosotros. Y lo escribo así porque no eran diálogos ordenados uno después de otro sino palabras al oído, sin espacio en el medio. Un solo aliento susurrado. Y me tocó la pija por fuera del pantalón. Me bajó la bragueta. Me metió la mano, me agarró la pija. Epa, evidentemente no sos un peluche, Pereyra, nunca tuve un peluche con algo así. Nos tapamos un poco con mi campera, pero no nos importaba nada. Estábamos lanzados. Yo le daba besos en el cuello, le apretaba las tetas por abajo de la remera y del famoso soutien. Guerra, vámonos a Brasil juntos. En un bondi hoy a la noche. Vamos una semana. No me decía nada, me seguía haciendo la paja. Podemos estar mañana al mediodía solos en Brasil. Yo te invito. Shhh, me dijo. Vamos juntos. No contestaba. Sentí la cara mojada. Le caían unas lágrimas. Hacía que no con la cabeza apenas. Me desabrochó el pantalón. Quiero cogerte mucho, hermosa, quiero estar adentro tuyo. No puedo dejar de repetir tu nombre. A veces lo digo dormido. Guerra lloraba en silencio. Me miraba a los ojos. Me agarraba fuerte, abría la boca entre jadeos. Vamos a Brasil hoy. Le sentí como un espasmo de llanto, no dejaba de masturbarme. Me confesó al oído: yo también estoy embarazada, Lucas. La miré.

Me hizo que sí con la cabeza. Es el segundo mes, no sé si lo voy a tener. La abracé. Se recomienda no bañarse durante la ausencia del guardavidas, decía un cartel gastado en la pared. Recalculando. Nadie es solamente una persona, cada uno es un nudo de personas, y el nudo de Guerra era de los complicados. Quiero que me des toda la leche. Los semáforos de mi cerebro titilaban en amarillo. No entendía nada pero seguía duro. No sabía qué decir. Guerra acercó su cabeza a mi pija. Me miró. Toda, me dijo. Sacó la lengua y me pasó la punta por la cabeza de la pija. Entonces escuché los pasos y sentí la patada en las costillas.

9

Yo estaba de espaldas al mar y de ese lado vinieron los dos tipos. Me pareció que eran dos. Quedate quieto y no gritės. Igual no podía gritar porque uno me aplastó la cara en la arena, no sé si con la rodilla o con el pie, pero me pisó la nuca. Y lo sentí apretándome la espalda con todo su peso. Fue muy rápido. Lo que más terror me dio fue estar con la pija afuera y el pantalón desabrochado. Era más fuerte el pudor que el miedo de morirme. Guerra decía: «¡No, no, no!». Cuando escuché que la zamarrearon, me quise levantar y me volvieron a patear, esta vez en la panza. Quedé agarrado al dolor ese. Solo existió eso horrible de repente. Hubo una pausa de silencio. Y salieron corriendo. Me quedé sin aire. Cuando por fin respiré tenía arena en la boca y casi me ahogo. Escupí y tragué arena. Guerra me preguntaba si estaba bien. No podía contestar. Fui respirando de a poco. Abrí los ojos. Ella estaba bien. Me toqué el costado, donde me habían dado la primera patada. Me dolía. Me toqué la panza. Ya no tenía el cinturón con la plata. Tampoco estaba mi mochila.

—¿Por dónde se fueron? —le pregunté a Guerra, abrochándome el pantalón.

—Por ahí, por la escalera —me dijo—. Pero vení, Lucas, quedate acá.

Subí la escalera. Guerra atrás de mí. Empecé a correr, en cualquier dirección, me daba lo mismo. Crucé mal, y un auto casi me pisa. Clavó los frenos y quedé sentado arriba del capot. Seguí corriendo. Guerra, parada en la rambla, me gritaba.

—¡Lucas, vení!

Pero a Lucas le acababan de afanar quince lucas en dólares, doscientas veinticinco lucas en pesos argentinos, cuatrocientas cincuenta lucas en pesos uruguayos. El boludo más grande de la América toda. No podía no correr un poco. Por lo menos para huir de la nube negra que se me venía encima, mi tormenta perfecta, mi mafia personal que acababa de ganar la batalla, y yo corría por la vereda del otro lado de la rambla gritando hijos de puta, hijos de puta. La gente me miraba.

De golpe sos el loco en esas situaciones, el descontrolado. Frené mirando para todos lados. Pasaban los autos, indiferentes a mi microdrama personal, mi desesperación. Crucé varias veces sin saber para dónde ir, quedé parado en el islote entre los dos carriles, perdido, jadeando y furioso como el increíble Hulk en medio de una avenida. Por momentos pensaba que no podía ser cierto y lo corroboraba tocándome la ingle, la ausencia de la guita que había estado ahí tres minutos atrás. No puede ser, no puede ser, dije en todos los tonos posibles, desde la súplica llorona hasta el grito de furia inentendible. Volví trotando hasta donde estaba Guerra parada, con el ukelele en la mano.

—Lucas, calmate, te van a pisar. Casi te pisan. Calmate, por favor.

—¿Vos estás bien?, ¿no te pegaron?

—No —me dijo Guerra—. Me empujaron para atrás cuando me quise parar pero no me lastimaron.

—¿Eran dos tipos?

—Sí.

—¿Cómo eran?

—Qué sé yo, dos tipos. No los miré mucho, porque me dio miedo. Estaban en ropa de gimnasia. Me parece que se fueron en moto, porque escuché una moto que arrancó cuando subieron. ¿Te sacaron mucha plata?

Dije que sí, con la cabeza. Me dio mucha vergüenza. Infinita vergüenza. Y toda la bronca de golpe. Agarré el ukelele. Levanté el brazo para hacerlo mierda contra la baranda de la rambla y Guerra me agarró fuerte de la muñeca, en puntas de pie.

—No lo rompas —me dijo sin soltarme.

Sabias palabras. No solo porque era el regalo para Maiko, o porque después en los meses que siguieron ese instrumento mínimo prácticamente me salvó la vida, sino sobre todo porque romperlo ahí en la rambla hubiera sido subrayar mi estupidez con un acto ridículo. La imagen de reventar un ukelele contra una columna, como un Jimmy Hendrix enano... La escala era ridícula, un minigaucho Fierro reventando su guitarrita, y hubiera sido necesario cambiar un poco esa estrofa del poema: «En este punto el cantor / buscó un porrón pa consuelo, / echó un trago como un cielo / dando fin a lo que duele / y de un golpe al ukelele / lo hizo astillas contra el suelo».

Quedé con lo puesto; un ukelele en la mano y algo de plata uruguaya en el bolsillo. Con la mochila me habían robado el celular, las llaves de casa, las llaves del auto, la billetera con las tarjetas... El pasaporte se había salvado porque, ni bien me dieron la plata en el banco, lo había guardado en el bolsillo interno de la campera. Me agarré la cabeza y caminé. El susto y la adrenalina me habían borrado de la sangre el estado flotante del alcohol y el porro. Estaba sobrio y con una especie de acople que me ensordecía. Guerra me decía cosas, me tranquilizaba. Yo ya no podía escuchar. Trataba de pensar si había alguna solución, pero era irremediable. Estarían los dos tipos en moto por algún lugar lejano de Montevideo contando mi plata. De todas formas se me metió en la cabeza que tenía que hacer la denuncia y le pregunté a Guerra dónde había una comisaría. De pronto parecía un turista alemán; no podía ni interactuar con la gente. Guerra preguntó dónde quedaba la comisaría y me llevó bordeando Parque Rodó hasta que subimos por la calle Salterain.

Lo que hacía un rato tanto me preocupaba —tu pregunta sobre quién era Guerra, la historia que iba a tener que inventar, los otros mails que quizá habías visto y no estaba seguro de haber borrado— todo eso había pasado a segundo plano. Ahora lo grave era que la plata ya no estaba. ¿Cómo te iba a explicar que volvía sin los dólares? ¿Qué iba a inventar para justificar semejante estupidez? ¿Cómo me había dejado robar así de fácil? ¿Por qué me puse en una situación tan vulnerable? Guerra me miraba de vez en cuando.

—Te hice pasar un momento de mierda, Guerrita. Perdoname. Nunca me imaginé que me podía pasar algo así.

—No te preocupes por mí.

—Estábamos en otro planeta, ¿no?

—Sí —dijo ella—. Un planeta muy lindo.

—Y vos estás embarazada —recordé—. ¿Segura que no te golpearon?

—Segura. ¿No te duelen las patadas que te dieron? —me preguntó—. No entiendo cómo podés caminar.

—Me duele acá al costado.

Guerra me levantó la remera, tenía roja la piel, pero nada parecido a cómo se fue poniendo después el moretón como una nube violeta, azul y al final medio verdosa. En la panza tenía el raspón de la correa del cinturón con la plata cuando me lo arrancaron.

—Tendríamos que ir a un hospital para que te vean el golpe ese.

—Estoy bien —le dije.

—¿Qué vas a hacer?

—¿Con qué?

—A la noche, Lucas, qué vas a hacer, ¿te vas a volver?

—Sí, supongo que sí, tengo el pasaporte. Volver puedo.

—¿Querés que te preste plata para que te tomes un taxi?

—No hace falta. Tengo plata en el bolsillo.

Cuando llegamos a la esquina de la comisaría, Guerra me preguntó si yo podía hacer solo la denuncia porque ella tenía que llegar a su reunión de trabajo.

—Voy a estar bien, andá.

—Cualquier cosa te metés en un cíber y me mandás un mail, o comprás una tarjeta de teléfono. Yo ahora te mando por mail mi número y el número de la casa de mi viejo. Si te querés quedar en casa a dormir, te quedás.

—Gracias.

Nos dimos un abrazo, un piquito instantáneo como de rebote de caras, y la vi alejarse. Se dio vuelta y me tiró un beso. La chorra más linda del mundo. Lo pensé cuando seguí mi camino y me pareció que quizá ella no había querido meterse en la comisaría conmigo. ¿Podía ser? Caminé. ¿Realmente podía ser? ¿Habría sido un plan de ella? Giré, miré por sobre mi hombro: Guerra ya no estaba.

En el viaje anterior, yo le había contado que iba a buscar plata. Ella sabía. ¿Pudiste hacer tus trámites?, me había preguntado esa tarde al rato de encontrarnos. Después me vio el cinturón mientras yo me hacía el tatuaje, discutió con alguien por teléfono, me llevó a la playa, me desabrochó el pantalón... Durante unos pocos pasos en la calle se me conectaron mil imágenes en la cabeza. ¿Era el novio el que me robó? ¿Ella estaba actuando? ¿Todo? ¿Desde el mediodía? ¿Lloró en la playa porque me estaba traicionando? Pensé en esa pausa mínima, ese silencio cuando me dieron la segunda patada. ¿Habría sido Guerra que les hizo una seña para que se fueran?

Una seña de «ya está, no le peguen más». ¿Guerra dirigía todo? ¿Era la jefa de estos dos tipos? La imaginé frenándolos con un gesto mínimo, después diciéndoles que rajaran, apenas con un movimiento de ojos. La jefa.

—¿Qué necesita? —me preguntó el policía de la puerta.

Lo miré.

—Nada, gracias —le dije y seguí caminando.

10

Quedé parado en una esquina sin saber para dónde ir. Pocas veces estuve tan perdido. Sabía dónde estaba pero no sabía dónde iba. El futuro inmediato era una confusión. Podía ir al Radisson y tirarme por la ventana del piso 20, aunque quizá era de esas ventanas selladas antisuicidas y antifumadores. Podía también dormir ahí hasta decidir qué hacer. Podía irme esa noche a Brasil con la plata que tenía en el bolsillo, escaparme de todo, de vos, de mí, de mi hijo, de mi casa, de mi pendejada inexplicable, y vivir mi novela en lugar de ponerme a escribirla. Empezar otra vida allá, trabajar... ¿Qué carajo iba a hacer en Brasil? Estaba en un momento «elige tu propia aventura» y todas en mi cabeza terminaban mal. Tampoco entendía el pasado reciente, porque no sabía qué me había sucedido exactamente. La posibilidad de que fuera Guerra quien me había entregado me provocaba una incertidumbre retrospectiva y total. Estaba perdido en el tiempo. Solo podía pisar sobre mi presente, sobre mi sombra, estar quieto ahí. Lo demás era vértigo.

No sé cuánto tiempo estuve parado quieto. Hasta

que se me apareció un tipo harapiento, con su melena primitiva, su boca en ruinas, las bolsas. No lo vi hasta que lo tuve delante y me dijo:

—Tocate una para los pichi.

—No sé tocar esto —le dije mirando el ukelele—. Recién lo compré.

—Tenés que aprender. Así bailamos todos —dijo el tipo y dio unos pasitos de baile con el pantalón a medio caer.

Crucé la calle, caminé por la vereda encandilado como un ciervo. El simple movimiento me fue sacando de la confusión. Tenés que aprender. Eso era cierto. Me acordé de Enzo y fui para su casa.

Era sobre Fernández Crespo, casi llegando a una esquina. Más cerca de lo que recordaba. Encontré la puerta de calle pero no sabía en qué piso era. Me parecía que era el cuarto, no estaba seguro. Miré hacia arriba. Desde la vereda de enfrente grité:

—¡Enzo! ¡Enzo!

Se asomó una mujer.

—¡Soy Lucas! —dije.

Al rato por la misma ventana se asomó Enzo en cuero y, haciendo ese saludo que hacía Perón desde el balcón cuando levantaba por sobre la cabeza los dos brazos con las manos abiertas como dando la idea del enorme tamaño del pescado que sacó una vez, me gritó:

—¡Holandés! ¡Ahí bajo!

Apareció con una camisa suelta, en pantalón largo y sandalias. Petiso, con paso firme, más pelado que antes, orejas marchitándose, un aire entre relajado y peligroso, como un Yoda de provincia. Me abrió y nos saludamos. Para cuando llegamos arriba a su departamento ya le había contado todo.

Nos abrió una mujer de unos cuarenta años, de ojos claros. No la conocía.

—Lo afanaron —le dijo Enzo.

—¿Te robaron? —preguntó ella alarmada.

Tuve que volver a contarlo. Con más detalles, entre ofrecimientos de café, explicaciones sobre el ukelele, la posibilidad de hacer un llamado a Buenos Aires. Te podría haber llamado al fijo, Cata, pero no sabía todavía qué decirte. Enzo me sirvió café en un vaso de vidrio. Le puse azúcar. ¿Esa mujer era la hija de Enzo, una alumna o su nueva pareja?

—Qué raro, porque no roban así en la Ramírez —dijo ella.

—¡Lo siguieron! —dijo Enzo y me miró—. Te marcaron. Esperaron a que estuvieras en un lugar sin tanta gente.

—¿Toda la tarde me siguieron? Cuando salí del banco bajé por la calle atrás del Teatro Solís y no había nadie, en el bar Santa Catalina estuve sentado un rato sin nadie alrededor... Me habrían robado ahí.

—Son profesionales —decía Enzo—. No les podés ganar.

—No me imaginé que después de tantas horas me podían estar siguiendo.

—Ahora decime... ¿Qué hacías solo en la playa con toda la guita? ¿A quién se le ocurre? —me retó Enzo.

No dije nada sobre Guerra. Para protegerla, para protegerme. A partir de ese momento había estado solo en la playa, sentado en la arena, mirando los tipos que saltaban y volaban en las olas con el kitesurf. Podía borrarla a Guerra de toda la película. Yo almorzando solo en el bar, solo por la calle, solo en la galería, solo en la casa de música... Quizá me había entregado el tatuador, que también me vio con el cinturón de guita, o quizá el hermano porque ahí pagué con dólares el ukelele. Hasta el chico de recepción en el Radisson podría haber sido, o alguien desde el banco. Incluso quizá fue un robo al boleo. Tendría la remera medio levantada y la correa del cinturón visible cuando estaba ahí tirado en la arena. O si fue el novio de Guerra, quizá la siguió, se quedó con bronca con ella, se vengó pegándome, sacándome todo. Quizá le vio los mails y sabía de mí. ¿Por qué no?

Me quedé callado frente a mi café. Empecé a contestar todo con monosílabos.

—¿Querés descansar un rato?

—No.

—¿Querés lavarte un poco? Tenés arena en la cara.

Fui al baño. Efectivamente tenía arena en la cara, en el pelo. Pinta de accidentado, revolcado por alguna circunstancia áspera del destino. Traté de arreglarme en la canilla del lavamanos pero no podía y llenaba todo de arena. Entreabrí la puerta y dije:

—Enzo, me pego un duchazo rápido.

—Claro que sí, tranquilo —me dijo—. La toalla azul está limpia.

Me desnudé y me metí bajo el chorro de agua fría que se fue calentando de a poco. Pensé en Guerra, cuando me abrazó y me dijo que yo le hacía bien, y cómo la protegí contra mi cuerpo sin dejar de caminar. Ahora el agua estaba caliente. Subía vapor. De pronto me sorprendí llorando, como hacía mucho tiempo no lloraba. Apoyado contra los azulejos, tratando de ahogar el hipo, mordiéndome el brazo. Vos lloraste sentada en la mesada de la cocina, Maiko llora todos los días, la mujer tiesa a quien el evangelista del ómnibus ayudó a perdonar lloró, y Guerra y su amiga traidora lloraron las dos. Todos lloramos. En lágrimas que van a dar a la mar, que es el morir, diría Manrique. Yo no lloro nunca y menos por tristeza. El amor me hace llorar, el cariño. Lloré porque pensé en Guerra y supe que no la iba a volver a ver, me negué a la idea de que su cariño no fuera verdadero, y sentí tu amor también, Catalina, más allá de toda duda, y el amor de mi hijo abrazándome prendido de mi cuello cuando no quiere que me vaya. Y la hospitalidad de Enzo y su toalla azul. Cuando alguien te patea, quedás alerta como si no hubiera nadie de tu lado, y cuando de pronto alguien te trata bien bajás la guardia y te desarmás. El cariño te derrumba.

Tenía que volver a Buenos Aires. Entendí eso. Me sequé y me vestí. Sentía el pecho despejado por el llanto, pero noté que cuando respiraba hondo me dolían las costillas del lado izquierdo.

—Dejé un médano en el baño.

—No es nada —dijo Enzo—. Sentate. Clarita, hay un budín de naranja en la alacena.

—Lo traigo —dijo ella levantándose.

Clara era una linda mujer, de mi edad. Se la veía relajada, un poco despeinada y con una paz en la voz como flotando en las endorfinas de un orgasmo reciente. ¿Habré interrumpido algo cuando grité desde la calle? Enzo también estaba así, pero él siempre estaba así. La hija no era. Eso seguro.

Cuando nos quedamos solos, me preguntó:

—¿Cuánta guita te sacaron?

—Quince mil dólares.

—Ah, la mierda.

—Era la plata de dos libros, uno de crónicas para Milenio y una novela para Astillero.

—¿Los españoles?

—Sí. Se las tengo que entregar en mayo. Con los dólares tiraba nueve meses más o menos de laburo. Además pagaba deudas. Le debo guita a todo el mundo. No sé qué voy a hacer.

—¿La empezaste a la novela?

—No. La iba a escribir a partir de ahora.

Volvió Clara con el budín. Enzo se quedó pensando, después dijo:

—Hay que tener cuidado con Montevideo. Te puede matar derecho viejo. De vez en cuando se carga a alguno. Mirá Fogwill.

—Fogwill se murió en Buenos Aires.

—Sí, pero días después de venir acá donde lo agarró el frío. Y mirá el de la revista *Orsai*, ¿cómo se llama?

—Casciari.

—Ese. Le dio un bobazo acá en Montevideo, casi no la cuenta. Acá hay como un Triángulo de las Bermudas, es bravo. Es como un lado B del Río de la Plata, el otro lado, eso te come, te liquida. Si no lo sabés llevar te mata. Hay que tener cuidado con

Uruguay, sobre todo si venís pensando que es como una provincia argentina pero buena, no hay corrupción, ni peronismo, se puede fumar marihuana por la calle, el paisito donde todos son buenos y amables y esa boludez. Te descuidas y Uruguay te coge de parado.

—¡Enzo! —dijo Clara.

—Es así, querida, es así. Acordate del maracanazo a los brasileros.

Clara se fue para la cocina.

—Son bravos los charrúas —me dijo Enzo por lo bajo para que ella no escuchara.

Me mostró una marca morada en su hombro, parecían marcas de dientes.

—Son mordedores...

Enzo, contando con los dedos me enumeró:

—Los rugbiers que se comieron a los amigos en el accidente de Los Andes, los indios que se comieron a Solís, el tiburón Suárez cuando lo mordió al italiano, esta... —dijo señalando hacia la cocina—. No es casualidad. Son bravos. A vos te mordieron también.

Me quedé callado, comiendo el budín.

—Y te hicieron un favor, holandés. Esa guita estaba envenenada, por eso te dejaste afanar tan fácil. No la sentías tuya.

—No me analices.

—No te analizo, pero miralo como una liberación. Ibas a tener que escribir un mamotreto de mil páginas como pagando una deuda. Así no se puede escribir.

—No era una deuda, era tiempo, esa guita era

tiempo para escribir sin tener que hacer ningún otro laburo de mierda.

—Yo no hubiera leído el bodrio que podrías haber escrito con esa guita en todos esos meses. ¿Dónde se vio que te paguen por libros que todavía no escribiste?

Me miró y siguió:

—Y te juro que no es envidia, o quizá un poco sí, pero los libros se escriben y después se ve cuánto valen. Como decía Girondo, se pulen como diamantes y se venden como un salchichón. A vos te los pagaron como diamantes y les ibas a revolear un salchichón por la cabeza.

—¿Cómo voy a escribir con mi hijo colgado de mis pelotas, leyendo a diez mil alumnos a la vez, dando clases...? ¿Qué carajo voy a escribir así?

—Escribí sobre eso.

—¿Sobre qué?

—Sobre eso mismo, lo que me estás diciendo, lo que está pasando ahora en este lugar.

—No te hagás el maestro zen.

Me levanté y miré por la ventana abierta. Se veía lejos, los techos, las antenas, las luces de las casas que empezaban a brillar. Estaba oscureciendo. Miré su biblioteca desbordada. Tenía los libros como yo ahora, en doble fila en los estantes.

—Vas a volver a la poesía, holandés. Estás muy caliente todavía para entenderlo. Se te tiene que pasar el enojo.

—¿Pero cómo voy a hacer? Me quedaron solo los quinientos dólares que cambié a pesos uruguayos, y ya me gasté una parte en whisky. Tenía que pagar deudas, a mi mujer, el jardín, la prepaga, mil cosas. Ella está esperando ahora que yo llegue con esa guita para tapar todos los baches.

—¿Cuántos uruguayos te quedaron?

—No sé. Cinco mil, algo así.

—Yo sé que es mal momento, ¿pero me prestarías tres mil y te los devuelvo en quince días cuando voy para allá?

Lo miré serio y me miró sonriendo. Me empezó a agarrar un ataque de risa. Enzo se reía también. Después dijo:

—En quince días te lo doy con intereses. Me sale la jubilación la semana que viene.

Le di los billetes y me dijo:

—El mundo no es para los tipos como vos y yo. Eso de andar con varias minas, ganar mucha guita, reventarla, tener autos caros. No nos sale. Vos no podés porque en el fondo no querés. Preferís ser melancólico, como yo. Te incomoda la plusvalía.

—No me sermoneés más.

—Listo. Me llamo a silencio —me vio ahí parado—. ¿Qué vas a hacer?

—Me voy al puerto.

—¿Tenés para el taxi?

—Creo que sí. Si no me agarra otro peaje...

—Te lo devuelvo en Buenos Aires, nos comemos una pizza en Pinpún. Yo te voy a invitar. Ahora volvé, dormí, contale a tu mujer lo que pasó...

—Vos por las dudas no le digas a nadie nada por favor.

—Quedate tranquilo. En Buenos Aires hablamos de la revista. Va a ser un fracaso asegurado.

La saludé a Clara. Enzo me acompañó abajo. Nos despedimos, me dijo:

—No te amargues.

Fue medio ridículo porque me había olvidado el ukelele y le empecé a tocar el vidrio, me abrió, volvimos a subir y a bajar, pero ya sin decir una palabra. Se había gastado la despedida. Cuando me abrió la puerta de calle, le di unas palmadas en la espalda y le dije:

—Suerte con la mordedora.

II

Fui casi de los últimos en subir al buque. Era uno nuevo, flamante, bautizado *Francisco* seguramente en homenaje al papa, con alfombras tan impecables que antes de subir te obligaban a poner unos cubrezapatos de gasa, como de quirófano, para no ensuciar. Turistas chilenos, médicos uruguayos, viejos tortugones argentinos de alta alcurnia, señoras de perfume estridente, familias, todos con esos zapatitos celestes, como pitufos.

Encontré al fondo una fila de cuatro asientos vacía. Me acomodé ahí, necesitaba quedarme quieto. Me estaba doliendo mucho el costado. De tener mi mochila, habría podido tomarme un paracetamol del blister que llevaba siempre en el bolsillo de adelante. ¿Qué habrían hecho los chorros con mis cosas? Iba a tener que cancelar la tarjeta Visa, hacer de nuevo el documento, el carnet de la prepaga, la Sube, el registro... Me cerré la campera porque me daba justo el aire acondicionado. Metí las manos en los bolsillos, tenía arena, y encontré un caramelo de esa tarde. Lo abrí, lo empecé a masticar, era de dulce de leche. Dulzura distante. Miré el envoltorio: decía

«Zabala» y tenía la cara de un hombre antiguo, del siglo XVIII, con peluca larga de rulos y bigote enroscado. Era nada más y nada menos que el fundador de Montevideo, me dice Wikipedia. Bruno Mauricio de Zabala. Caramelos con el apellido materno de Guerra. Guerra Zabala, Guerras a bala.

¿Cómo te iba a contar todo esto? ¿Cómo iba a ser mi versión? ¿Cómo era desde tu perspectiva? Tu marido, a quien estabas manteniendo hace casi un año, cruza a Uruguay (con el pasaje comprado por vos) a buscar la plata que por fin le pagaron y vuelve sin un peso, tatuado en el hombro y con un ukelele en la mano. *You had one job, motherfucker*. No era tan difícil. Quizá no tenía que mentir demasiado. El robo había existido. Con cambiar el escenario bastaba. Te podía decir que me habían robado yendo al estacionamiento, que a la mañana no había lugar en el de Buquebús, cosa que era cierta, había tenido que dejar el auto más lejos y cuando lo fui a buscar a la vuelta... De hecho el auto iba a quedar ahí en esa playa a dos cuadras de Dársena Norte. Sucedió así: caminé de noche hasta el auto, me encañonaron, me tiraron al piso, me patearon y me sacaron la plata. Alguien les pasó el dato en la aduana, seguro. Yo había ido por el día a Uruguay. Era muy probable que estuviera trayendo dólares. De hecho era más creíble esa versión, más fácil de entender. Como en el cuento «Emma Zunz» de Borges, solo serían falsas las circunstancias y la hora, pero serían ciertos el robo, mi tono desesperado, la humillación y la violencia.

Me apegué a esa versión. La repasé un par de veces y, cuando quise distraerme con algo, me di cuenta de que no tenía nada para leer. Mi biografía de Rimbaud había quedado sobre la mesa de luz del Radisson. Al final pagué una habitación solo para hospedar a la biografía de Rimbaud. ¿Iría a parar a objetos perdidos del hotel? ¿Le podía decir a Enzo que la pasara a buscar? Me saqué las zapatillas, levanté los apoyabrazos y me tiré a lo largo de varios asientos. Ya los motores estaban en marcha. Nos movíamos. Cerré los ojos. Había dejado a Rimbaud cruzando el desierto en una camilla llevada por doce porteadores sudaneses. Volvía enfermo, cansado, sin fortuna, estafado, robado por los reyes africanos a quienes había intentado venderles armas. Atravesaba un paisaje lunar donde acechaban los danakil, la tribu más hermosa y más temible. Podían matar a toda la caravana y dejar los cuerpos para que los devoraran los leones. Su rodilla hinchada, gigante. Ya no podía caminar. El mundo le estaba por reclamar su parte. Una pierna. Se acababa la aventura, intentaba llegar de vuelta a Francia donde lo iban a amputar. Flameaban en el viento las lonas de su litera. Un cuarto para Rimbaud, una cama con sábanas limpias para la agonía del mayor poeta de todos los tiempos. Un libro en la mesa de luz. Habitación 262.

Me desperté empapado en sudor cuando estábamos llegando al puerto de Buenos Aires. Me pareció que tenía fiebre. La gente ya estaba agolpada cerca de la salida.

Cuando bajé la escalera mecánica, pasé el ukelele por el escáner y del otro lado una empleada me pidió que esperara a un costado. Un empleado me palpó como buscando armas. Me tocó muy rápido y casi imperceptiblemente el pubis donde había estado mi cinturón con la plata. Buscaban fajos de billetes. Me hicieron sacar la campera, la tocaron para ver si había algo duro. Me pidieron que me levantara la remera. Incluso miraron dentro del ukelele. Pensé «llegaron tarde, muchachos». Nada por aquí, nada por allá. A otras personas a mi lado las frenaron y las revisaron igual.

No me podían sacar nada porque no tenía nada. No me podían robar. Me dejaron pasar y salí a la oscuridad del puerto pensando en eso: no me pueden robar. Iba a volver caminando por avenida Córdoba derecho, más de treinta cuadras, algunas oscuras, hasta nuestro depto en Coronel Díaz, pero lo iba a poder hacer sin ningún temor, sin paranoia de que me estuvieran siguiendo. El auto estaba ahí cerca; no tenía las llaves. Ahí quedó hasta que vos lo fuiste a buscar quince días después. Tampoco tenía pesos argentinos para tomarme un taxi. Crucé las vías del bajo, avenida Madero, Alem y subí la barranca de Córdoba. Estaba hecho mierda, derrotado, pero invencible.

No me imaginé que me iban a tener que internar al día siguiente. La fiebre enrarecía todo. Pensé: me voy a morir, y está bien que así sea. Sin esa guita soy inmortal. Por el dolor de costillas caminaba con el brazo izquierdo pegado al cuerpo, con un paso medio zombi. El zombi del ukelele. Por suerte no lo rompí en la playa ni lo dejé en lo de Enzo. Lo trajo Maiko el primer fin de semana cuando vino a mi departamento de separado y se lo olvidó. Y acá quedó. Saqué acordes, ritmos, rasgueos. Después me animé a puntear. Me salvó del bajón. Esa guitarrita mínima me apuntaló el alma en todo este año que llevo viviendo solo. Lo que sabía de guitarra me permitió aprender rápido. Es un instrumento simple y puede ser complejo también. La guitarra siempre me quedó grande, me sonaban sucios los acordes, demasiadas cuerdas para tener en cuenta, demasiadas notas en ese puente. Para un autodidacta, para el que toca de oído como yo, el ukelele es ideal. Entendí que prefería tocar bien el ukelele que seguir tocando mal la guitarra, y eso fue como una nueva filosofía personal. Si no podés con la vida, probá con la vidita. Se me había vuelto todo demasiado complejo. Me quedaba grande toda esa vida que habíamos levantado juntos, Cata. No estaba bien. Vos tampoco. Nos estábamos odiando con nuestras listas de cosas por hacer. Ahora tengo un pizarrón en la cocina y me hago mis listas de temas pendientes, pero no me atormentan. Tus listas me perseguían. Y supongo que mis listas invisibles te perseguían a vos. Mis listas tácitas, mis demandas cambiantes. Asimilé de vos las listas visibles y me organizo bastante bien. Porque son listas propias. Ya no siento como ajenos esos temas por resolver.

No podía caminar muy rápido. Seguí por Córdoba, pasé los bares de putas con cortinas misteriosas, las Galerías Pacífico donde te compré hace seis años ese vestido bahiano que te quedaba tan lindo cuando estabas con la gran panza. Crucé la 9 de Julio y como siempre me dieron ganas de tomarme una lancha para que me cruce al otro lado. No sé exactamente cuándo demolieron para hacer la avenida esa cuadra que estaba ahí, pero a partir de entonces generaron un vacío, una antimateria, que todavía se siente. Ahora quedó un espacio que es mucho más que una cuadra. Es una nada que hay que atravesar y agota al más valiente. Seguí frente a plaza Lavalle, el Teatro Cervantes, cuadras feas, frías, sin referencias personales, hasta el cíber antes de Callao donde hacía las fotocopias para mis clases en la facultad. El McDonald's, la boca del subte. Pensé en bajar y saltar el molinete. Me sentía muy mal. Todo me parecía imposible. Salvo seguir caminando, cayéndome hacia adelante a cada paso, como dice Herzog cuando cuenta su travesía a pie desde Múnich a París.

¿Lo habré pensado mientras cruzaba las calles? ¿Tenía ya el envión de separarme de vos? ¿Y vos? ¿Lo habrás pensado durante ese largo día cuando viste mi mail y sospechaste algo? Nos faltaba el empujón. Los poquitos grados de fuerza para que se terminara de romper todo lo que estaba fisurado. ¿Se caía de maduro? No sé. Es cierto que teníamos que parar. Dejar de juntar bronca. Esas mañanas, por ejemplo, esos sábados o domingos cuando Maiko se despertaba a las siete y pedía su Nesquik y vos y yo empezábamos el concurso de ver quién se hacía más el dormido. Maiko insistía y alguno de los dos se levantaba con odio, le hacía el Nesquik, y también el café al otro, al remolón que se hacía el paralítico, el que no durmió lo suficiente, el que no puede, que necesita más horas de sueño, que sufre, pobrecito, la reputa que lo remil parió, y la reconcha de la lora. Maiko en la cocina ya en su reclamo gremial moviendo muebles, sillas, trepándose a la mesada, agarrando cuchillos, hay que estar, hay que mirarlo, hay que cuidar al enano borracho desde la madrugada, mientras el otro se envuelve entre las sábanas tibias, el otro se anula, se hace el que no existe, pero está ahí, haciéndose el desentendido en su gran traición. Entonces, vos o yo, el que se había levantado, lavaba los platos de la noche anterior haciendo la mayor cantidad de ruido posible para joder (te escuché hacerlo varias veces y yo también te lo hice), la sartén pegaba bandazos en la bacha, la hacíamos sonar como una campana de lata para despertar al horizontal, cucharas cayendo sobre el acero inoxidable que sonaba como un tambor, tintineo de vasos de vidrio a punto de partirse en mil astillas, castañeteo de platos de loza frágiles y blancos que daban ganas de estamparlos contra el piso como en un casamiento griego, hacer un smash karaoke como se hace en Japón, donde le ponen a la gente música fuerte en un cuarto con jarrones y televisores viejos y les dan un bate de baseball para que rompan todo. Hacer mierda el juego de comedor, reventar los regalos de casamiento, el amor familiar, la lista, prender fuego Flox, dinamitar la casa y anticiparse ametrallando a los novios cuando saludan en el atrio como en una escena de *El padrino*. Y el otro desde la cama: ¿Todo bien, amor? ¡Sí, todo bien! ¿Se rompió algo? No, no se rompió nada. ¿Qué querés? Decime qué querés. Quiero guerra, pensaba yo. Guerra contra vos. Pero no decía nada.

Debían ser más de las diez de la noche. En plaza Houssay un grupo de skaters intentaba saltos dolorosos. Fallaban y volvían a intentar. Teníamos que hablar, eso era seguro. Lo que no me imaginé era lo que vos tenías para decirme. Tampoco me imaginé, al pasar frente al Hospital de Clínicas, que diez horas después me iban a estar llevando a esa guardia en ambulancia. Un par de meses de deuda y la medicina prepaga te cierra las puertas. Lo dejó claro la operadora cuando llamaste. Yo con cuarenta de fiebre, temblando, metido en la bañadera de agua tibia que me parecía helada. Te dijeron que no solo no iban a mandar un médico a domicilio sino que no me podían recibir en ningún sanatorio. Su marido carece de cobertura. Y el Same me llevó al hospital público. El horror, nuestra gran pesadilla estatal, la muerte asegurada, y sin embargo, en diez minutos me habían enchufado un suero con no sé qué gotitas milagrosas y me fui recuperando, y hasta me dejaron en observación en un cuarto con otros tipos frágiles. El hospital público. Y yo evadiendo impuestos.

El gigantesco edificio del Clínicas me saludó al pasar, me dijo nos vemos en un rato, pero no le presté atención. Venía enredado en nuestra furia. Crucé la calle Larrea. A media cuadra estaba el telo Mix, donde hacía tiempo había ido con una de mis alumnas de la facultad. Me acuerdo que una vez entré al quiosco de al lado a comprar forros, llovía, ella apareció. Pollera y borceguíes. Sonriendo. Me acuerdo de todos sus tatuajes. Nos veíamos ahí algunos viernes antes de la clase. Después aparecíamos los dos, por separado. Yo, para no despertar sospechas, trataba de secarme el pelo con el secador atornillado a la pared. Ella con el pelo mojado escuchándome desde su pupitre. Habrán sido unos meses. Después se arregló con un novio. Aprobó la materia. Se fue a México. Creo que Maiko tenía dos años. Esa es una parte de mi tour pirata para vos que siempre querés saberlo todo.

Doblé en Pueyrredón hacia Santa Fe. Nadie me quiso robar, nadie me vio siquiera. Estaba horrible la zona. Poca luz, la basura sin recoger, pilas de bolsas putrefactas, unas cuadras de quiosquitos con carteles de helados medio rotos. Un anticipo del barrio del Once, pero sin el colorido étnico. Habría que hacer una crónica de la avenida Pueyrredón desde los viejos edificios franceses de Recoleta hasta el corazón mercachifle de la Recova de plaza Miserere. La gradación invisible, solamente enumerando, logrando ver.

Las cuadras de Villa Crespo, donde estoy ahora viviendo, son tranquilas. Maiko va a poder dentro de poco ir al súper a comprar algo, y más adelante tomarse el subte en avenida Corrientes hasta tu casa. De a poco. Falta todavía. Lo que pasa es que el otro día ya lo vi grande. Pintamos juntos la pared del patio, me ayudó a cocinar, prendió la hornalla solo, cortó tomates con un cuchillo enorme. También me ayudó con las macetas. Tengo menta, albahaca, tomillo, romero y cilantro. Me gusta esta casa. Vos nunca quisiste tener plantas ni en el balcón. Me gustaría conocer tu casa en Parque Chas.

Crucé Ecuador, Anchorena, Laprida. Ahí en el telo Pelícano me encontraba hace unos años con una brasilera. Me decía que me quería traducir. Nunca me tradujo nada. Solamente cogíamos y después ella me hablaba de las discusiones con su novio fisicoculturista y de si se iba a volver a Belo Horizonte o no. Iba y venía. Desaparecía del mapa unos meses y volvía a aparecer de pronto en el chat: Lucas, ¿hacemos un Pelícano?, decía. Era un deporte extremo cada encuentro. Sabía jiu-jitsu, esa lucha brasileña. A veces me mostraba tomas y yo quedaba sin aire, la cabeza apretada entre sus muslos de chocolate. Si ella lo hubiera querido, me mataba y me dejaba ahí. ¿Te acordás que te sorprendiste cuando en ese asado me peleé en joda con Nico muy borrachos y lo sometí con una toma en el pasto? Eso me lo enseñó ella.

No te estoy contando para que me cuentes. Sino para explicarme a mí mismo. Yo creo que algo se fue acumulando en vos. Eso que sucedía en el punto ciego te llenó de incertidumbre. Porque yo era supercuidadoso. Nunca estaba con ninguna mina en público. A lo sumo eran tres metros en la puerta del telo, donde me podía ver alguien. El único momento de riesgo. Lo demás era una clandestinidad bastante perfecta. Tenía muchísimo cuidado con los detalles, era buen agente. Siempre volvía bañado, me fijaba que no tuviera ni un solo pelo largo pegado. Borraba cada mensaje. Pero en alguna parte te dabas cuenta. Después me calmé, paré un poco. Y entonces empezaste vos con tus llegadas tarde, tu agenda secreta, tu revancha más o menos consciente.

Cuando volvimos después de esa noche de hospital —vos demasiado silenciosa, yo con las radiografías de mi costilla fisurada en la mano— me dijiste que Maiko se iba a quedar a dormir en lo de tu mamá. Ahí me lo vi venir. Lucas, ¿qué vamos a hacer? No podemos seguir así. Tenemos que hablar para ver qué queremos. Me preguntaste quién era Guerra. Decime la verdad. Te conté. Te desilusionaste un poco, me pareció que querías algo más contundente. Era medio infantil mi amorcito a distancia. Necesitabas mi pie para contar lo tuyo. Igual te largaste. Nunca me imaginé que me ibas a decir: Yo estoy enamorada de alguien, es una amiga. ¿Una mujer? Pero vos no sos lesbiana. No sé si soy lesbiana, me gusta ella, me dijiste. Que era médica, que trabajaba en la Trinidad, que la habías conocido en un cocktail de la fundación en una terraza, que te había mandado mails y whatsapps, que se habían visto, que habían fumado porro en su casa, y se querían hace ya casi un año y no ibas a esconderlo más.

Me quedé medio catatónico, me acuerdo. Hacia esa novedad iba el ingenuo zombi por avenida Santa Fe, entre tiendas de ropa cerradas. Eso no lo vi venir, hay que decirlo. Estaba seguro de que te veías con un médico de la fundación, un tipo. Había puesto todas las fichas ahí. No pensé que podía ser una mujer. Faltaban pocas cuadras y sentía que me podía llegar a desmayar. Tenía frío y calor a la vez. Me latía la cabeza. Supongo que todavía lo estoy procesando y sigo dolido. ¿No te gustaban más los hombres o era solo yo? No entendía. Tu mamá me preguntaba por teléfono, yo no sabía qué decirle, tu viejo no te habló por dos meses, fue un bombazo entre tus primos y nuestros amigos. Todos de mi lado al principio, después empezaron a entender. Y yo quedé herido, sexualmente digo, macho tocado, hundido. ¿Por eso te refriego en la cara las minas que me cogí, aunque a vos ya no te importe? Me duele pero no tengo odio ni bronca.

Últimamente me estoy viendo con mi profesora de yoga. Una vez por semana, en la mañana que no voy a la radio. Me enseñó muchas cosas. Nos ponemos tántricos. Tiene hijos grandes que ya no viven con ella. Tiene cinco años más que yo. Cincuenta. Una auténtica milf. No se quiere enamorar, ni tener hijos (ya no puede), ni ir al cine conmigo. Nos juntamos y nos prendemos mutuamente todas las luces del arbolito, como dice ella. Es bastante impresionante lo que nos pasa. Te ahorro detalles, pero el único que te quiero contar es un momento que se suele repetir. A ella le gusta que la coja de parados. Ella inclinada sobre una especie de aparador, no sé cómo se llama, es un mueble donde tiene fotos de su familia, salvo su exmarido están todos, hijos, nueras, sus padres, unos antepasados rusos, una gama temporal de fotos desde blanco y negro hasta esas primeras digitales a las que todavía no sabían sacarle los numeritos rojos de la fecha. Gente sonriendo en viajes, en playas y paisajes diversos, arriba de camellos, con perros, con gatos. En fin. A lo que voy es que lo que más la fascina es que la coja fuerte agarrándola de las caderas, o del pelo, y que el zarandeo vaya volteando todas esas fotos sobre la alfombra. Esa especie de altarcito familiar se va derrumbando y ella no acaba hasta que tira al suelo de un solo manotazo los pocos marcos que quedan sin caer.

Digo esto porque últimamente estuve pensando bastante en el tema de la familia y el matrimonio. Va a sonar como que me hago el superado, pero de verdad te digo: tenemos que pensar de una manera nueva. Crecimos dentro de esta idea de familia que nos llenó de angustia cuando le vimos las grietas. Todo esto para decirte que, primero, no tengo ningún problema con que Maiko viva con vos y con tu pareja los días de la semana cuando no está conmigo. Segundo, no tengo problema con conocerla, de hecho quiero conocerla, me gustaría que vengan un día a casa si quieren a comer, y que Maiko nos vea a los tres, y que si yo llego a estar en pareja de nuevo podamos cruzarnos sin nervios, ni silencios. Incluso que podamos hacer algún programa juntos y hasta quizá irnos de vacaciones. Si no a una misma casa, tal vez a un mismo balneario. O quizá eso es demasiado, pero quiero decir que la familia de Maiko ahora es otra cosa. Hay que animarse a tirar las fotos al suelo. Vos con tu decisión te animaste bastante.

Supongo que la idea de familia se transformó. Tiene algo de bloques combinables. Cada uno la arma como puede. El otro día se me dio por volver a mirar «Tiranos temblad» en YouTube, vi capítulos atrasados y, entre las cosas mínimas que pasaron en una de las semanas en Uruguay, una era el casamiento triple de Guerra, César y Rocío. Dura cinco segundos la imagen. Dice algo así: «Esta semana se realizó una convención de *Star Wars*, unos chicos hicieron malabares en Tacuarembó, hubo una competencia de skate, una nena practicó la vertical en la rambla, el perro Cristóbal no pudo tomar agua porque tenía escarcha en su plato, se celebró el primer matrimonio triple en Montevideo...». Era una imagen rápida, dos novias de blanco embarazadas y el novio en el medio, todos riéndose, en un patio, en una ceremonia alternativa, casi una parodia de casamiento, inventado por ellos. Ahí estaba Guerra con gran panza. Tuve que pausar la imagen para reconocerla. Algo hicieron bien esos tres. Después me metí en Facebook y en la página de su amiga (porque Guerra cerró su página): estaban cada una con su hijo en brazos. En una de las fotos se lo veía a César con una cuchara en cada mano alimentando al mismo tiempo a sus dos hijos con distintas madres. Quizá hasta vivan juntos los cinco. No lo sé porque no nos mandamos más mails con Guerra, la cosa se fue enfriando hasta el silencio. Me alegra que haya sido madre. Parecía contenta en el video. Aunque en las fotos más domésticas se la ve cansada. Quizá te preguntás cómo puedo seguir pensando a veces en una mina que me robó o me mandó robar. Pero estoy 98 por ciento seguro de que no fue ella. Ese dos por ciento es el silencio después de la segunda patada que me dieron, un saltito en la matrix, una falla mínima en mi cerebro que nunca va a cicatrizar. Le debo a Guerra por lo menos el beneficio de la duda y la dejo flotar en mi Uruguay idealizado como escondida dentro de una canción que solamente yo me sé.

Ya pasó un año, ya puedo salir de mi obsesión con ese día, y esta semana termino de devolverte la plata que me prestaste. Gracias por las cómodas cuotas. A mi hermano todavía le debo lo suyo. El trabajo en la radio no me gusta, es cierto. Me cansan los pendejos ocurrentes, los chistes esperables, la interrupción amorfa, y a veces deseo con fuerza el apocalipsis, un meteorito que nos borre como a los dinosaurios. Pero, más allá de eso, en general laburo tranquilo a pesar del horario horrendo de las seis de la mañana. Sobre todo, lo que celebro, Cata, es que hayamos simplificado. No tener auto me costó al principio pero es un alivio haberse desentendido de esa mole que se calentaba al sol, chupaba hectolitros de nafta, reclamaba arreglos, repuestos importados, lavaderos, estacionamiento, me tenía horas embotellado en autopistas con el asfalto hirviendo. No más auto. Maiko en la escuela pública también fue buena movida. Se lo ve adaptado. A veces cuando lo voy a buscar, a la salida noto cómo los padres progres nos reconocemos sin decir nada, nos miramos de reojo, nos escuchamos los acentos de chetos camuflados. Otra cosa a la que se adaptó rápido Maiko fue a este régimen de visitas de mitad de semana conmigo y mitad con vos. Quizá se sobreadapta, pero el otro día una vecina boluda le dijo «¿Viniste a visitar a tu papá?» y él le contestó «No lo vine a visitar, vivo también con él». Un campeón. Los días que no lo veo lo extraño, y escribo bastante. El libro de crónicas ya salió en Bogotá. Si querés te paso uno, pero ya lo leíste casi todo cuando iban saliendo los artículos. Está dedicado a vos. La novela brasilera quedó en una nebulosa neuronal. Pero estoy laburando un libro de poemas y muy despacio otra novela, pero sin aventuras amazónicas, no hay narcos ni tiros ni cuchillos, solo unas patadas del otro lado del río. Peripecias limítrofes. No te cuento mucho porque, si no, se le va el gas. Una vez por mes le mando a Enzo una columna para la revista. Los españoles de Astillero reclaman el libro. Tranqui panqui.

Esto se acaba. Se termina mi crónica de ese martes. La última cuadra la hice entre gemidos y resoplidos. Lo que quedaba de mí llegó a la puerta del edificio. Justo salía la vecina del décimo, la que bajaba con su caniche a las reuniones de consorcio. Entré, subí en el ascensor. Mi facha en el espejo era de espanto. No era el mismo que había bajado esa mañana en ese ascensor. Palidez mortal, los ojos hundidos, el pelo revuelto, la ropa arrugada, fuera de escuadra, asimétrico, encorvado, sucio, apaleado, culposo y lleno de kilómetros. Y con la música para mi hijo en la mano. Habían pasado diecisiete horas. Las cosas que había vivido esa mañana —la felicidad en el ómnibus, por ejemplo— parecían haber sucedido hacía mucho tiempo. Había sido un día largo. ¿Cómo habría sido el tuyo, desde la mañana cuando nos despedimos hasta ahora? ¿Y el de Guerra? ¿Y el de su novio César? ¿Y el de Mr. Cuco? Ojalá la muerte sea saberlo todo. Por el momento no queda más remedio que imaginar. Si yo pudiera contar el día exacto de ese perro con todos sus detalles, olores, sonidos, intuiciones, idas y vueltas, entonces sería un gran novelista. Pero no tengo tanta imaginación. Escribo sobre lo que me pasa. Y lo que me pasó fue que el ascensor llegó a nuestro piso. Abrí las puertas, las cerré y toqué el timbre. En la pausa antes de escuchar tu voz tuve la certeza de que te quería como te sigo queriendo y te voy a querer siempre, pase lo que pase. Era muy tarde y del otro lado de la puerta te escuché preguntar: ¿Quién es? Y entonces te contesté: Soy yo.

booket